El atelier de los deseos

Agnès Martin-Lugand

El atelier de los deseos

Traducción de Juan Carlos Durán Romero

El atelier de los deseos

Título original: *Entre mes mains le bonheur se faufile*

Primera edición: abril de 2015

D. R. © 2014, Éditions Michel Lafon
D. R. © Juan Carlos Durán Romero, por la traducción
D. R. © Diseño: Proyecto de Enric Satué
D. R. © Imagen de cubierta: Marianna Massey/Corbis

D. R. © 2015, de la presente edición en castellano para todo el mundo:
     Penguin Random House Grupo Editorial, S. A. de C. V.
     Blvd. Miguel de Cervantes Saavedra núm. 301, 1er piso,
     colonia Granada, delegación Miguel Hidalgo, C. P. 11520,
     México, D. F.

www.megustaleer.com.mx

Diseño: Proyecto de Enric Satué
Imagen de cubierta de la serie *La primavera* e ilustraciones interiores: José Pedro Godoy

Comentarios sobre la edición y el contenido de este libro a:
megustaleer@penguinrandomhouse.com

ISBN 978-607-113-641-1

Impreso en México / *Printed in Mexico*

*Para Guillaume, Simon-Aderaw y Rémi-Tariku,
mi felicidad*

La felicidad es un sueño de la infancia que se cumple en la madurez.

SIGMUND FREUD

El mejor vestido que puede lucir una mujer son los brazos del hombre que ama.

YVES SAINT LAURENT

1.

Como cada domingo a las doce, no quería ir. Como cada domingo a las doce, me rezagaba, hacía todo lo posible por arañar un poco de tiempo. Pero...

—¡Iris! —exclamó Pierre—. ¿Qué estás haciendo?

—Vale, ya voy.

—Date prisa, vamos a llegar tarde.

¿Por qué mi marido tenía tanto empeño en ir a comer a casa de mis padres? Yo, por mi parte, habría dado cualquier cosa por librarme. La única ventaja era que la ocasión me permitía estrenar mi nuevo vestido. Había conseguido darle el toque final la noche antes, y estaba satisfecha con el resultado. Intentaba, mal que bien, no perder práctica y conservar mis dotes de costurera. Además, en aquellos momentos me evadía de todo: de mi mortalmente aburrido trabajo en el banco, de mi vida rutinaria y del desmoronamiento de mi pareja. Ya no tenía la impresión de estar apagándome. Al contrario, me sentía viva: cuando formaba equipo con mi máquina de coser, con la que diseñaba mis modelos, palpitaba.

Me miré al espejo una última vez y lancé un suspiro.

Encontré a Pierre en la entrada. Me esperaba tamborileando en su teléfono. Me detuve a observarlo un instante. Hacía casi diez años que nos conocíamos y su ropa de los domingos no había variado un ápice: camisa Oxford, pantalones chinos y sus eternos zapatos náuticos.

—Ya estoy aquí —dije.

Se sobresaltó, como si le hubiese pillado en falta, y se guardó el móvil en el bolsillo.

—Ya era hora —gruñó poniéndose la chaqueta.

—Mira, lo terminé ayer. ¿Qué te parece?

—Muy bonito, como de costumbre.

Ya había abierto la puerta de la calle y se dirigía al coche. Ni siquiera me había echado un vistazo. Como de costumbre.

A las doce horas y treinta minutos justos, nuestro coche se detenía delante de la casa de mis padres. Mi padre abrió la puerta. La jubilación no le sentaba bien: estaba ganando peso y el cuello de la camisa le quedaba cada vez más apretado. Estrechó la mano de su yerno y se tomó el tiempo justo de besar a su hija antes de llevarse a Pierre al salón para tomar el oporto de costumbre. Yo fui un momento a saludar a mis dos hermanos mayores, que ya iban por la segunda copa. Uno estaba acodado en la chimenea, el otro leía el periódico en el sofá, y juntos comentaban la actualidad política. Después me dirigí a la cocina para unirme al clan de mujeres. Mi madre, con el delantal a la cintura —llevaba casi cuarenta años haciendo aquello—, vigilaba la cocción de su pierna de cordero dominical y abría latas de judías verdes mientras mis cuñadas se ocupaban del almuerzo de su prole. Los más pequeños estaban tomando el pecho, y los mayores hicieron un alto en su comida de día de fiesta —patatas a la delfina y fiambre de ternera— para dar un beso a su tía. Eché una mano a mi madre, enjuagué la lechuga y preparé la vinagreta mientras escuchaba a las tres chismorrear acerca de la señora Tal, que había montado un escándalo en la farmacia, o el señor X, a quien habían descubierto un cáncer de próstata. Y mi madre decía dependiendo del caso: «Debería darle vergüenza comportarse así, eso no se hace», o «Qué desgracia, tan joven...». Por mi parte, yo permanecía en silencio, odiaba ese comadreo.

Y así estuve durante toda la comida, presidida como siempre por mi padre. De vez en cuando echaba un vistazo a Pierre, que se sentía como pez en el agua rodeado de mi familia, a pesar de lo aburrida y opuesta a mis gustos que era. Para distraerme, iba sirviendo los platos, como cuando era *la soltera de la casa;* y era lógico, puesto que éramos los únicos sin hijos. Cuando volvía a la mesa con la bandeja de quesos, una de mis cuñadas me llamó.

—¡Iris, llevas un vestido precioso! ¿Dónde lo has encontrado?

Sonreí y sentí por fin la mirada de Pierre sobre mí.

—Ha salido de mi desván.

Ella frunció el ceño.

—Me lo he hecho yo.

—Es verdad, había olvidado que cosías un poco.

Sentí ganas de responderle que ella no era la única, pero me contuve. No tenía ningún deseo de montar una escena.

—Se te da realmente bien, me dejas con la boca abierta. ¿Crees que podrías hacerme uno?

—Si quieres, ya hablaremos.

Su sola idea de lucir un vestido tenía algo de milagroso. Cambiar el estilo de mi cuñada era un desafío al que me hubiese gustado enfrentarme, ya que se obstinaba en camuflar sus voluptuosas formas

—consecuencia de los embarazos— bajo pantalones y jerséis holgados.

El silencio que siguió fue como una bocanada de aire helado. Preferí volver a sentarme a la mesa y no extenderme sobre el tema. Era duro mirar de frente a mi sueño roto.

—Es una pena que Iris no fuera a aquella escuela —dijo mi hermano mayor.

Dejé mi vaso antes de haber tenido tiempo de beber un trago de vino. Ladeé la cabeza y me quedé mirándole. Tenía la expresión del que acaba de meter la pata. Me volví hacia mis padres, que no sabían dónde meterse.

—¿De qué escuela hablas?

—Lo has entendido mal —respondió mi madre—. Tu hermano solo quería decir que habrías podido triunfar en ese campo.

Lancé una risa sarcástica.

—Es cierto, mamá, me apoyasteis mucho, debería recordarlo.

Fui propulsada a más de diez años atrás, cuando le había confeccionado un atuendo de gala completo. Ese día habría sentido menos dolor si me hubiese dado una bofetada.

—Iris, ¿no querrás que lleve ese andrajo a la boda de tu hermano? ¿Qué pinta tendría? —había exclamado, tirando el vestido sobre una silla.

—Mamá, por lo menos pruébatelo —le había suplicado yo—. Estoy segura de que te sentará bien, me ha llevado tanto tiempo...

—Habrías hecho mejor en repasar para tus exámenes, visto el resultado.

La voz de mi hermano me devolvió al presente. Escrutaba a mis padres y ahora parecía satisfecho de haber evocado un tema que había sembrado la discordia entre ellos y yo durante toda mi adolescencia.

—Vamos, decídselo con franqueza. Ha pasado tanto tiempo que ya ha prescrito. ¡No le va a cambiar la vida!

—¿Alguien podría explicarme de qué estáis hablando? —dije enfadada levantándome de la mesa—. ¿Papá? ¿Mamá?

Mis cuñadas lanzaron una mirada interrogativa a sus respectivos maridos y se pusieron de pie. Como por casualidad, los niños necesitaban a sus madres. Pierre se levantó también, se acercó a mí y me agarró por los hombros.

—Cálmate —me dijo al oído antes de volverse hacia mi familia—. ¿Qué es toda esta historia?

—Está bien, lo diré yo —intervino mi hermano mayor después de comprobar que los niños se habían alejado—. Iris, ¿tú presentaste una solicitud para una escuela de diseño al acabar tus estudios sin decirle nada a nadie?

—¿Cómo lo sabes? Y además, de todas formas, me rechazaron.

—Creíste que te habían rechazado porque nunca obtuviste respuesta... Ahí es donde te equivocas.

Sentí que se me formaba un nudo en la garganta y empecé a temblar.

—Te aceptaron, pero nunca lo supiste.

Como en una neblina, escuchaba a mi hermano relatar que mis padres habían abierto la carta y habían descubierto lo que yo había tramado a sus espaldas. En aquella época pensaba que una vez terminados los malditos estudios de Comercio en los que me habían obligado a matricularme mientras yo no soñaba más que con máquinas de coser y casas de moda, sería libre para hacer lo que quisiera. Después de todo, ya era mayor de edad y no tendrían nada más que decir. La realidad era bien distinta y yo me enteraba ahora: habían decidido librarse de la famosa carta; la habían quemado. Me habían traicionado. Me sentí como si me hubiese pasado una apisonadora por encima. Mis propios padres me habían robado la vida. Me temblaban las piernas, y contuve una náusea. La sensación de malestar se disipó pronto: la furia se abría paso.

—Lo sentimos, tendríamos que haber intervenido entonces...

Las excusas de mis hermanos me traían sin cuidado, ellos nunca habían sufrido la autoridad de mis padres. Primero, porque eran varones. Luego, porque habían elegido estudiar Derecho y Medicina. Y aquello encajaba mejor en los planes de nuestros progenitores. Me volví hacia ellos, dispuesta a morder, dispuesta a saltarles a la garganta.

—¿Cómo pudisteis hacerme algo así? Sois unos... Es... ¡es asqueroso!

—Esa obsesión tuya por la costura siempre fue ridícula —contestó fríamente mi padre—. No íbamos a dejar que acabases de obrera en una fábrica textil.

—¡Si hubiera ido a esa escuela jamás habría terminado en una fábrica! En cualquier caso, ¡habría sido mi decisión! ¿Os molesta el populacho? No teníais derecho a meteros en mi vida, a elegir por mí y destruirlo todo...

Durante todos esos años había achacado mi fracaso y aquel supuesto rechazo a mi incompetencia.

Estaba convencida de que no era capaz de nada, de que no tenía talento alguno para la costura. Y sin embargo, seguía empeñada en manejar aguja e hilo, continuaba perseverando. Y podía haber sido mucho mejor. Sin ellos, no estaría pudriéndome en un banco.

—¡Basta ya, Iris! —dijo mi madre con voz cortante—. ¿Qué edad crees que tienes?

—¡Os habéis pasado la vida rebajándome! —exclamé—. ¡Nunca habéis creído en mí!

—Hicimos lo mejor para ti. Nunca has tenido los pies en el suelo. ¿Cómo te íbamos a dejar hacer eso seis meses antes de tu boda? Con la fecha fijada, las invitaciones preparadas, el vestido encargado...

—Mi querido Pierre, puedes darnos las gracias —intervino mi padre.

—No me mezcléis en este turbio asunto y no contéis con que os lo agradezca. ¿Cómo pueden unos padres traicionar a su hija de ese modo? ¿Qué tiene que ver con la boda? Si hubiera sido ese el problema deberíamos haberlo hablado los dos, Iris y yo. No teníais ningún derecho a decidir por ella. Era mi papel, mi sitio.

Miré a Pierre. En momentos así me hacía recordar hasta qué punto lo amaba. Cuando me protegía. Cuando volvía a ser el hombre que había conocido, que luchaba por mí, que me tenía en cuenta, que me cuidaba, el hombre para el que yo existía. Nunca hubiese imaginado que me defendería de esa forma frente a mis padres.

—¿A qué viene remover ese tema ahora? —respondió mi madre—. Lo hecho, hecho está. Y un día nos agradecerás haber elegido por ti.

—Nos vamos —dije a Pierre.

—Por supuesto, volvamos a casa.

—Oh, Iris, ya está bien, quédate —me dijo mi hermano.

—Ellos lo han estropeado todo —le contesté—. ¡No pinto nada en una casa, en una familia donde nadie me respeta! No sois más que...

—¿Que qué?

—Sois cortos, cuadriculados, de mentalidad estrecha. Vuestra vida me da asco... ¡Pandilla de fachas!

Mi padre se levantó bruscamente.

—No se te ocurra volver a esta casa sin antes haber pedido perdón.

Le miré fijamente a los ojos. Pierre me obligó a dar un paso atrás y me susurró al oído que no fuese demasiado lejos.

—Eso no ocurrirá, no soy yo la que tiene que disculparse.

—La cólera de Iris está justificada —insistió mi marido.

Con su apoyo, abandoné quizás para siempre la casa de mi infancia. ¿Podría perdonarles algún día? Lo dudaba.

Ya en el coche, me eché a llorar. Pierre me estrechó entre sus brazos por encima de la palanca de cambios. Me acarició la espalda y murmuró unas palabras de consuelo.

—¿Me habrías dejado estudiar? —le pregunté sollozando.

—Pues claro —dijo después de reflexionar—. Vamos, salgamos de aquí.

Me soltó, volví a mi sitio y arrancó. Miraba por la ventanilla sin distinguir nada. De todas formas, ¿qué habría visto? Una villa burguesa un domingo por la tarde; lo mismo que decir una villa fantasma.

Me sequé las lágrimas con rabia. La sensación de injusticia y la indignación tomaron el relevo. Sentía que me hervía la sangre. Tenía ganas de romperlo todo, de enviarlo todo a paseo. ¿Por qué mis padres la habían tomado siempre conmigo? ¿Qué había hecho yo para merecerlo? Habían sido incapaces de escuchar mis deseos, de comprender que lo que quería era encargarme de un taller de costura. ¿Qué tenía de malo? Me había pasado la vida luchando contra ellos, buscando demostrarles que podía conseguirlo. Había seguido cosiendo, incluso después de que se negaran a que estudiase una formación profesional, incluso cuando decidieron mis estudios superiores. Les había hecho rabiar durante años instalando mi máquina de coser en la mesa del comedor, llevando exclusivamente ropa hecha por mí, relatándoles los pedidos que me hacían mis amigas, sus madres... Mientras yo rumiaba mi rabia, Pierre conducía en silencio. Sentía que me lanzaba miradas de soslayo, sin duda preocupado.

Una vez aparcado el coche frente a nuestra casa, salí del habitáculo y di un portazo. Oí el pitido del cierre centralizado.

—Iris, di algo, por favor..., no te encierres en ti misma.

Me volví bruscamente hacia él.

—¿Qué quieres que te diga?, ¿que me han destrozado la vida?, ¿que no quería acabar así?

—Gracias por la parte que me toca. No sabía que fueses tan infeliz.

Mis hombros cayeron, de golpe me sentí cansada. Caminé hacia él y me acomodé entre sus brazos. Estaba tenso, le había herido.

—Pierre, esto no tiene nada que ver contigo, perdóname, no quería decir eso. No me arrepiento de lo nuestro, ni de nuestra boda. ¿Cómo puedes pensar algo así? Menos mal que estás aquí. Pero nunca quise terminar trabajando en un banco, tenía otras ambiciones, ya lo sabes, nunca te lo he ocultado.

—Excepto que yo no sabía nada de esa historia de la escuela.

—Quería darte una sorpresa. Bueno…, si me aceptaban.

—Vamos a entrar, no tengo ganas de discutir en la puerta, a la vista de todos.

Sin duda los vecinos, especialmente nuestros amigos, estarían en la ventana preguntándose qué pasaba en casa del médico. El teléfono sonaría en las próximas horas. Todos nuestros amigos vivían en el mismo barrio, el más próspero de la ciudad. Podría decir incluso que no estaban a más de cinco calles de distancia de nuestra casa. El mundo no existía fuera de ese perímetro.

Una vez dentro, el silencio de la casa me golpeó en la cara y me angustió. Me deshice de las manoletinas y fui a acurrucarme en el sofá del salón. Pierre se tomó el tiempo de guardar meticulosamente la chaqueta, la cartera y las llaves del coche. Después vino conmigo. Dejó el móvil en la mesita baja, se sentó a mi lado y me pasó la mano por el pelo.

—Cariño, sé que lo que acaba de pasar es duro…

—Eso es un eufemismo.

Suspiró.

—Hay que admitir que tu madre tiene razón en una cosa: es algo del pasado. No puedes volver atrás, no puedes cambiar el curso de las cosas.

—¿Lo dices para animarme?

—No te digo que les perdones enseguida, deja que el tiempo haga su trabajo. Pero al menos ahora tienes la prueba de tu valía, esa escuela te quería… No puedes dudarlo más, sabes coser.

Me sonrió y me abrazó. No podía comprender lo que yo sentía. Nada ni nadie le había impedido lanzarse de lleno a la medicina. La vibración de su teléfono interrumpió mis pensamientos. Se incorporó, dispuesto a cogerlo.

—No me hagas esto esta tarde, Pierre, por favor.

—Pero...

—No, nada de hospital hoy. Es domingo, no estás de guardia ni tienes por qué estar localizable este fin de semana. No pueden pedirte que vayas. Estoy harta de que salgas corriendo cada vez que te llaman. Soy tu mujer, y ahora te necesito aquí.

—No te preocupes, me quedaré. Déjame solo responder.

Asentí con la cabeza. Tecleó un mensaje a toda velocidad y volvió a dejar el móvil sobre la mesa mientras suspiraba. Me abrazó de nuevo.

No quería llorar, pero me hundí. Ni hablar de quedarme sola otra vez en nuestra enorme casa, sin él, porque se marchaba al hospital. Hoy no. No después de haberme enterado de todo. No sabía qué hacer con una noticia que había puesto patas arriba mi visión de las cosas.

2.

Al cabo de diez días de verlo todo negro y darle vueltas a la cabeza, acababa de recuperar la sonrisa. Quería sorprender a Pierre esa noche. Estaba preparando una cena romántica con todo lo necesario: velas, una botella de buen vino y vajilla elegante. Y un bonito vestido ligeramente sexy, en ningún caso demasiado, porque Pierre era más bien tradicional. Mientras me lo probaba una última vez, pensé que era una auténtica pena no llevarlo con zapatos de tacón alto. Bueno. Lo importante en aquella ocasión eran los gustos de mi marido. No tenía dudas acerca del shock que iba a causarle, pero esperaba que mi pollo al estragón le ayudara a digerir la noticia. Por último, debía asegurarme de que todos mis planes no se fueran a pique. Aunque tenía terminantemente prohibido llamarle al hospital salvo en caso de extrema urgencia, no creía que fuera a enfadarse por un mensaje de texto: «¿Vendrás a cenar esta noche?». Me puse a dar vueltas por la cocina. Para mi gran asombro, no tuve que esperar más de cinco minutos antes de que respondiera: «Sí, ¿quieres que salgamos a cenar?». Sonreí. Después de la escena con mis padres, se estaba esforzando: «No, nos quedamos en casa, tengo una sorpresa...», le escribí. «Yo también», me anunció.

Dos horas más tarde, oí cómo se cerraba la puerta principal.

—¡Huele bien! —me dijo Pierre mientras entraba en la cocina.

—Gracias.

Me besó de forma distinta. Normalmente tenía la impresión de ser invisible, apenas me daba tiempo a sentir sus labios sobre los míos, eran besos de rutina, o peores. Aquel fue más profundo, más amoroso. ¿Tenía en mente llevar hasta el extremo una feliz velada? Eso esperaba yo, y por mi parte no habría puesto reparos a empezar por el postre. Me abalancé sobre él y me puse de puntillas.

—Podemos cenar más tarde, ¿sabes? —le dije.

Él rio suavemente contra mi boca.

—Primero quiero saber cuál es tu sorpresa.

Serví los platos y pasamos a la mesa. Alargué el suspense y le invité a que empezase a comer. Cuando quedó saciado, se echó hacia atrás para estar más cómodo en la silla. Dejé los cubiertos sobre la mesa.

—¿Quién empieza? —le pregunté.

—Tú, si eres tan amable...

Me removí sobre la silla, no sabía adónde mirar; le sonreí tímidamente.

—Bueno..., hoy he hecho algo... algo que debía haber hecho hace mucho tiempo...

Bebí un trago de vino.

—¿Y bien? —me animó a proseguir.

—He dejado el trabajo.

Se incorporó, como a cámara lenta. Pasó entre nosotros un ejército de ángeles.

—Di algo.

Su rostro estaba tenso. Soltó la servilleta, se levantó bruscamente y me miró con seriedad.

—¡Podías habérmelo comentado, joder! Soy tu marido, y ese tipo de decisiones debemos tomarlas juntos. ¡Yo también tengo algo que decir!

Me enfadé a mi vez. En los últimos tiempos, cada discusión degeneraba en pocos segundos. La tensión entre nosotros había ido en aumento. El menor contratiempo podía desencadenar una pelea..., siempre que él estuviera allí, evidentemente.

—Pierre, ¡pero si no pido más que eso, poder hablar contigo! Pero lo cierto es que nunca estás en casa. Tu vida se limita al hospital.

—Ahora va a ser culpa mía. No empieces con los reproches y el hospital. No me voy a disculpar por querer triunfar.

—No me escuchas, no me miras. Hay veces en que parece que no existo. No creas que las dos últimas semanas pueden compensarlo.

—¡Ya basta!

Cerró los ojos, suspiró profundamente y se masajeó el puente de la nariz.

—No quiero discutir, ni estropear la velada. Por favor.

Volvió a sentarse, bebió un vaso de agua y colocó los codos sobre la mesa mientras se frotaba el rostro. Sacudió la cabeza.

—Tú y tus sorpresas —murmuró.

Es cierto que, en ese caso, yo no había sido muy hábil.

—Perdón..., voy a...

—No he debido enfadarme así —me cortó.

Me miró y tomó mi mano en la suya por encima de la mesa. Le sonreí. La presión había descendido. En fin, eso esperaba.

—Y además, en el fondo, eso encaja a la perfección con mi sorpresa... En realidad, no podías haber tomado una decisión mejor.

Abrí los ojos como platos. Estaba alucinada.

—¿Nos vamos a vivir a Papúa?

Se rio, yo también. Agarró mi mano con más fuerza.

—No, quiero un hijo. Ya va siendo hora, ¿no?

Me miró con intensidad, visiblemente emocionado por su anuncio y seguro de que me pondría a dar saltos de alegría. Mi sonrisa se fue borrando poco a poco. Nuestros planes ya no estaban sincronizados.

—Podrás consagrarte por completo a nuestra familia, como estaba planeado.

Tenía que parar inmediatamente.

—¡Pierre, cállate!

Retiré mi mano de la suya.

—No he dejado el banco para tener hijos.

También él se puso serio.

—Entonces, ¿para qué? —me preguntó apretando los dientes.

—He encontrado un curso de costura.

—Estás bromeando, espero.

—¿Tengo cara de estar de broma?

Me miró como si fuese retrasada mental.

—¡Pero eso es una locura! Lo hecho, hecho está. Es demasiado tarde. Nunca serás costurera. Tus padres te hicieron una jugarreta...

—¿Una jugarreta? ¡Ahora eres tú el que se ríe de mí! —Salté de la silla.

—Es demasiado tarde —insistió—. No vas a retomar los estudios a tu edad..., bueno, estudios es mucho decir. Eso no cambiará en nada tu situación.

—Claro que sí. Cuando termine el curso abriré un taller. Me dedicaré primero a los arreglos y después tengo la intención de conseguir una clientela para hacer cosas más interesantes, a medida...

—¡Espera, espera!

Se levantó también y empezó a dar vueltas por la estancia.

—¿Quieres dedicarte a arreglar ropa?

—Para empezar, sí. No me quedará otra.

—¡Es delirante! ¿Y te vas a poner a cuatro patas delante de nuestros amigos para cogerles el bajo? ¡No quiero ni pensar en las conversaciones que tendremos en las cenas!

—¿Te preocupas más del qué dirán que de mi felicidad? ¡Al final resulta que estás totalmente de acuerdo con mis padres!

—¡Ya empezamos a sacar las cosas de quicio! Escucha, Iris, me cansas. Haces todo lo contrario a nuestros planes. Ya no te reconozco.

Cogió una chaqueta que colgaba de una silla.

—Voy a tomar el aire.

—¡Vete, haz como de costumbre, huye de la discusión!

Salió al jardín y desapareció en la oscuridad. Tras unos instantes de parálisis, apagué las velas y empecé a quitar la mesa. Lo limpié todo sola, con el rostro arrasado por las lágrimas. Lágrimas en las que se mezclaban la rabia y la tristeza. Sollozaba ruidosamente, con la cabeza sobre el fregadero. ¿Cómo era posible que una velada que había empezado tan bien se hubiese estropeado tan deprisa? ¿Qué nos estaba pasando? Nos habíamos convertido en extraños que hablaban lenguas distintas, incapaces de escuchar al otro y de comprender sus deseos.

Veinte minutos más tarde oí la puerta de la entrada. Me quité los guantes de goma y fui a su encuentro. Me lanzó una mirada fría.

—Déjame que te lo explique, por favor…

—Me voy a la cama.

Sin hacer un gesto, salió de la estancia.

Tenía treinta y un años y un marido mucho más preocupado de su carrera que de su mujer, y que acababa de caer en que debíamos formar una familia numerosa; un trabajo cuyo único mérito era el de impedir que me volviese loca, sola y perdida en mi gran casa vacía. No era más que la mujer de Pierre. Nada más. Sabía perfectamente lo que se esperaba de mí: que fuese una esposa dócil y gentil, que sonriera estúpidamente ante los logros profesionales de su tierno amado, y a no tardar un ama de casa ejemplar, que encadenase embarazos y fuese a buscar a los niños a la puerta del colegio. Ya podía escuchar a mi suegra congratulándose de lo maravilloso que era que supiese coser: «Podrás confeccionar los disfraces del colegio y del belén viviente». Las mujeres de los médicos no necesitan trabajar. Me negaba a aceptar ese arcaísmo. Mis padres habían decidido por mí más allá de lo aceptable. No iba a permitir que mi marido hiciera lo mismo. No quedaría reducida al papel de gallina clueca que empolla sus querubines rubios.

Íbamos camino de perdernos el uno al otro, ahogados en la rutina y la incomprensión más absolutas. Debía tomar las riendas. Pierre tenía parte de responsabilidad, pero yo empezaba a admitir que también tenía mucha culpa. Mi dejadez, mi pasividad, mi amargura de los últimos tiempos contribuían al distanciamiento de nuestra pareja. Mi reconversión profesional nos salvaría, y debía demostrárselo a Pierre. Volvería a ser la mujer de la que se había enamorado.

Pierre fingía dormir cuando entré en el dormitorio. No encendí ninguna luz y me introduje silenciosamente bajo el edredón.

—Has tardado —me dijo.

Me acurruqué contra su espalda y pasé un brazo alrededor de su cintura. Le besé entre los omóplatos. No quería que durmiésemos tan lejos el uno del otro. Él se estiró y se libró de mi abrazo.

—No es el momento, Iris.

—No era eso lo que quería... Aunque, de todas formas, contigo nunca es el momento —me refugié en el otro extremo de la cama—. Me pregunto cómo conseguiremos tener un hijo...

Pierre se incorporó y encendió la lámpara de su mesilla. Se sentó en el borde de la cama y se llevó las manos a la cabeza.

—No quiero comenzar la enésima discusión, así que voy a olvidar ese comentario. Pero... ¿te das cuenta?

Me miró por encima del hombro.

—Has hecho esto a mis espaldas y ahora me dices que no quieres tener hijos.

Me incorporé a mi vez.

—Ya no tengo quince años, no compares mi solicitud a espaldas de mis padres con esto. Creo que sé qué es lo mejor para mí... Y nunca he dicho que no quiera tener hijos, solo te pido que tengas un poco de paciencia. He consagrado diez años de mi vida a apoyarte en tus estudios y en tu carrera en el hospital, solo te pido que me concedas seis meses.

—¿Qué curso es ese? Explícamelo.

Le conté mi descubrimiento, que tanto me había emocionado. Días antes, un poco por azar, me había topado con una página en internet en la que figuraba una escuela privada, aunque no demasiado cara. Sin subvención estatal, era financiada por un discreto mecenas. Podría pagarla con mis pequeños ahorros. Le tranquilicé precisando que ni siquiera tendría que tirar del presupuesto familiar. Le conté que los cursos los impartían profesionales de grandes casas de costura, e incluso famosos modistos.

—Ya que me lanzo a la aventura, que sea con todas las consecuencias —le dije para terminar.

—Todo eso está muy bien, pero debe de haber algún proceso de selección para entrar en esa escuela, ¿no?

—Tengo que confeccionar una prenda, cualquiera, y escribir una carta de motivación donde exponga qué significa la costura para mí.

Se refugió en su silencio. Yo quería que comprendiese mi determinación.

—Es mi última oportunidad de convertir en realidad mis sueños. No podré hacerlo dentro de diez o quince años. No podría hacer pasar a nuestros hijos por eso. Además, odio mi trabajo en el banco, me aburre, me amarga, no es para mí, y lo sabes. Quiero tener una vida profesional que me llene, como tú.

—Primera noticia —suspiró—. Escucha, estoy cansado, mañana tengo que madrugar.

Volvió a acostarse y apagó la luz; yo me hice un ovillo. Él empezó a roncar. Y yo... iba a pasar una noche en blanco...

Apenas había dormido. Pierre estaba en la ducha, así que me levanté y fui a preparar el desayuno. Cuando entró en la cocina, no me dirigió la palabra, se sirvió una taza de café y contempló el jardín a través de la ventana. No me atreví a abrir la boca. Fue él quien rompió el silencio.

—Lo he pensado...

—Te escucho.

Se volvió hacia mí y se acercó. Yo permanecí sentada mirándole.

—Está bien, sé costurera.

Abrí los ojos como platos, a punto de sonreír.

—Hay una condición —me anunció—. Cuando termines la formación, tendremos un hijo. Y en ningún caso abrirás una *boutique,* la casa es bastante grande. Podrás instalarte en el desván, ya coses aquí, así podrás ocuparte de los niños al mismo tiempo.

La pelota estaba en mi tejado. Me levanté.

—Claro, estoy de acuerdo. Gracias.

Fue lo único que se me ocurrió decir. Suspiró y fue a dejar su taza vacía en la pila.

—Me voy, hasta esta noche.

Me las arreglé para no tener que cumplir el preaviso en el trabajo; a finales de la semana dije definitivamente adiós al banco. Al día siguiente, como un boxeador dispuesto a saltar al ring, chasqueé el cuello y entré en el desván. El olor a polvo me hizo toser. Me acerqué a la máquina de coser y retiré el trapo que la cubría. Mi máquina de coser y yo... Imaginaba que era el mismo lazo que unía a un músico con su instrumento. Mi piano, mi guitarra, eso era mi Singer. Ahora dependía de ella, la apuesta era enorme. Estaba bien, tanto mejor. Sentía las manos entumecidas, y mi corazón saltaba en el pecho. No podía permitirme un solo error. Ya había pensado en la prenda que quería enviar como prueba de ingreso. Había esbozado un vestido de dos colores, negro y turquesa, inspirado en Courrèges, con un cuello redondo resaltado por un pespunte, manga corta y una trabilla en la parte trasera.

Todo estaba en su sitio, el pedal bajo mis pies y la tela entre mis manos. Primer paso, encenderla: se hizo la luz. Segundo paso, verificar la canilla: cargada y bien colocada. Tercer paso, deslizar la tela bajo la aguja y ajustar el prensatelas: sin problema. Un gesto más, y ya estábamos. Mi pie presionó suavemente el pedal, y el particular tac-tac de la máquina de coser resonó en la habitación. Mis manos sostenían con firmeza la tela, tirando de ella hacia fuera. Me sentía fascinada por la aguja, que entraba y salía con precisión del tejido, formando unas puntadas perfectas, regulares.

Me emocionaba menos redactar la carta. Sin embargo, le consagré tres días seguidos y, para mi gran sorpresa, sentí un auténtico placer al escribirla. Era la primera vez en mi vida que tenía la oportunidad de expresar mi amor, mi pasión por la costura. Cuando terminé, lo envié todo.

Tuve mucho cuidado de mantener a Pierre al corriente de mis avances. Él fingía interesarse en mi proyecto, pero no me engañaba. De mi boca no salió un solo reproche. Cuando volvía temprano —no era frecuente—, le recibía con una sonrisa. No era difícil, me sentía liberada, había reencontrado la energía que me faltaba desde hacía tanto tiempo. Esperaba que él lo apreciara. Ocultaba mi angustia ante la espera que no terminaba y que me paralizaba. Durante quince días apenas cosí, demasiado ocupada esperando al cartero. Pasaba más tiempo en el jardín que en el interior de la casa. Iba a comprobar diez, quince veces cada mañana si había llegado. Lo había apostado todo a esa escuela. ¿No había sido demasiado ambiciosa? Si me rechazaban, mi sueño se esfumaría. Pierre no me permitiría volver a intentarlo en otra parte, y yo dejaría de tomar la píldora.

El cartero me tendió el correo, un único sobre, la sentencia que había estado esperando cada día.

Febril, lo desgarré. Saqué la carta con los ojos cerrados. Inspiré y espiré profundamente varias veces. En una simple tarjeta color crema, la respuesta, manuscrita, con una letra elegante en tinta negra, era breve: «La espero el 10 de enero en el *atelier*». Me puse a dar saltos por toda la casa lanzando gritos de alegría. Después sufrí un ataque de risa incontrolable. Y, de pronto, me quedé paralizada. Acababa de darme cuenta de un detalle que no tenía nada de insignificante: la escuela estaba en París, a casi tres horas de tren de nuestra casa.

—París no está a la vuelta de la esquina —me dijo Pierre.

—Tienes razón.

Me senté con las piernas cruzadas sobre el sofá, a su lado; él estaba concentrado y me escuchaba atentamente.

—¿Cuándo empiezas?

—Dentro de un mes.

—¿Qué piensas? ¿En serio tienes ganas de ir?

—Solo dura seis meses, no será largo. Estaré de vuelta en julio. Es una gran suerte que me hayan aceptado.

Le seguía pidiendo permiso. Suspiró mirándome. Después se levantó.

—¿Dónde vas a vivir? ¡No conoces a nadie!

—Buscaré una buhardilla.

Alzó la mirada.

—¿Lo dices para tranquilizarme?

—Volveré todos los fines de semana.

Daba vueltas por la habitación.

—O no. Tendrás mucho trabajo... La casa va a estar muy vacía sin ti.

—Piensa en las ventajas, podrás salir del hospital todo lo tarde que quieras, sin arriesgarte a encontrarte mi cara de perro por las noches.

Se tomó un instante para pensar, y sonrió. Acababa de darle el argumento estrella para que aceptase.

—Y tendré muchas cosas que contarte. Por fin conocerás la felicidad de tener una mujer dichosa y realizada.

Sin dejar de mirarme, volvió a sentarse a mi lado y me abrazó.

—Te voy a echar de menos.

Había sido demasiado fácil. En resumen, demasiado bonito para ser verdad.

—Yo a ti también —respondí—. Podrás venir a verme de vez en cuando, y pasaremos veladas y fines de semana románticos en París.

—Ya veremos.

El mes de diciembre pasó a toda velocidad con los preparativos de las fiestas. Sorprendí a Pierre aceptando sin rechistar ayudar a mi suegra para Navidad. Y para su gran alegría, hasta invité a nuestros amigos en Nochebuena, y me ocupé de organizarlo todo. Tanto mi familia política como nuestros amigos reconocieron que disfrutaba de un dinamismo desconocido para ellos hasta entonces, pero eso no les impidió hacer comentarios sobre mi proyecto, que veían con escepticismo: «¿Por qué te metes ahora en esos líos?», me repetían. Creo que sobre todo no alcanzaban a entender que me separase de Pierre entre semana. Siempre que salía el tema, él permanecía neutral.

En cuanto a mis padres, aquello era otra historia. No les había dirigido la palabra desde aquel fatídico domingo. Mis hermanos me habían llamado por teléfono varias veces. Y en cada llamada alguien había terminado colgando bruscamente. No comprendían que no pasara por alto los errores de mis padres. Para ellos, era la responsable del desmembramiento de nuestra familia. Cuando me acusaron de haber metido cizaña, les pedí que no perdieran el tiempo llamándome de nuevo. Lo que más me contrariaba era la actitud de Pierre. Hacía de enlace entre ellos y yo. Había aceptado volver a hablarles. Yo sabía perfectamente que se llamaban con regularidad. Ni siquiera se negaba a dejarse tentar para ir a comer a casa de mis padres solo, «para apaciguar la situación», me decía justificándose. Y también porque, al final, yo había encontrado la forma de hacer lo que quería. Su ironía se dejaba siempre notar.

Una semana antes de marcharme a París, perdí el apetito y enfermé de insomnio; me despertaba de golpe y me abrazaba a Pierre para tratar de volver a dormirme. Cada vez que intentaba coser, fracasaba, me salían sin forma, mi máquina se atascaba o rompía el patrón. Mis suegros pusieron su granito de arena en mi proyecto: habían conseguido que una pareja de amigos hiciesen de mecenas y me cediesen una buhardilla cerca de la Place de la Bastille. Me resultaba imposible hacer las maletas, en cuanto probaba a elegir lo que debía llevarme, era presa del pánico.

No me había atrevido a pedir a Pierre que se tomara una semana de vacaciones, y me arrepentía.

Una tarde hice lo que no hacía nunca: me presenté en el hospital para llevármelo al final de su turno. La secretaria me recibió con todo el respeto que merecía la esposa del doctor, y me informó de que tenía muchas citas. Me senté en la sala de espera.

—¿Qué haces aquí? —preguntó él al verme, minutos más tarde.

Me levanté al oír su voz.

—Quería verte.

—Ven conmigo.

Como cada vez que estábamos en su trabajo, guardaba las distancias entre nosotros.

—Hubiese preferido que me avisaras —me dijo una vez cerrada la puerta de su despacho—. Pero bueno, tienes suerte. He terminado.

—Mejor, aprovecharemos la velada.

Bajé la vista.

—¿Te encuentras mal?

—¡Sí! Acabo de darme cuenta de lo que voy a hacer.

Se quitó la bata y guardó los informes que había sobre la mesa. Suspiré profundamente.

—Tengo miedo de no estar a la altura. Después de todo, quizás mis padres tengan razón. La costura es una afición, y yo no tengo aptitudes para convertirme en una profesional.

—Escucha, te vas allí para saberlo, es una prueba. Si no funciona, te dedicas a otra cosa, al menos no le darás más vueltas. Nadie te reprochará nada si fracasas, yo no, en todo caso.

Me abrazó.

—¿Hay algo más, Iris?

—Me aterra la idea de no verte todos los días. Nunca nos hemos separado. ¿Cómo lo vamos a hacer?

Suspiró y me acarició la espalda.

—Tú misma lo has dicho, no será mucho tiempo, seis meses no son nada. Las semanas pasarán deprisa, estoy seguro. ¿Nos vamos?

Se puso el abrigo, me abrió la puerta y me condujo por el laberinto de pasillos. Sentía su mirada sobre mí. Me hubiese gustado sonreír, estar entusiasmada, pero no pensaba más que en nuestra separación. Cuando llegamos al aparcamiento, Pierre me retuvo por el brazo.

—Espera, he olvidado algo, no te muevas, ahora vuelvo.

Entró corriendo en el hospital.

Diez minutos más tarde, regresó con una sonrisa en los labios.

—¿Ya está? ¿Lo has resuelto?

—Me ha costado, pero he conseguido lo que quería.

Fruncí el ceño.

—He anulado todas mis citas a partir de las seis de aquí al final de la semana.

—¿No vas a tener problemas?

—No te preocupes.

Me eché en sus brazos y me abrazó con fuerza.

La entrada en la vía de circunvalación tendió un velo de tristeza dentro del coche. Hasta entonces, el ambiente había sido bueno. Pierre dejó de hablar por completo cuando empezó a buscar un sitio donde aparcar en la calle donde estaba el edificio en el que yo iba a vivir. Y cuando entramos en lo que iba a ser mi casa yo abandoné el inútil amago de conversación. Pierre dejó las maletas sobre la cama y echó un rápido vistazo al estudio. Miró por la ventana, comprobó la cerradura de la puerta, metió la cabeza en el cuarto de baño, encendió las placas eléctricas de la cocina americana, olisqueó dentro del frigorífico...

—Pierre, ¡si está bien!

—Ya veo. ¿No deshaces las maletas?

—Lo haré cuando te vayas, me mantendrá ocupada, creo que me va a costar dormir.

Me acerqué a él y me acurruqué entre sus brazos.

—Vamos a buscar un sitio para cenar antes de que regreses.

Después de tres bocados aparté mi plato, no podía tragar nada. Pierre hizo lo mismo. Pidió un café y la cuenta, y su mirada se perdió contemplando la calle. Yo no decía nada: sabía que, en el instante en que abriese la boca, me vendría abajo.

—Resulta extraño estar aquí —dijo sin mirarme.

Le agarré la mano, se volvió hacia mí.

—Tengo que marcharme... Hay un largo camino de vuelta...

Estábamos al pie del edificio, me estrechó entre sus brazos.

—¿Tendrás cuidado en la carretera?

—No me gusta que te quedes aquí sola.

—¿Qué puede pasarme?

—Un encuentro desagradable, un accidente. Por favor, ten cuidado.

—Te lo prometo —levanté la vista hacia él—. Eso también vale para ti. No te mates a trabajar con el pretexto de que no estoy allí para gruñirte.

Rodeó mi cara con sus manos y me apartó el pelo de la frente.

—No me he implicado mucho en tu proyecto, ya lo sabes, pero quiero que sepas que estoy orgulloso de ti, no lo dudes nunca.

Por fin se interesaba en mí, me tenía en cuenta.

—Abrázame fuerte.

Permanecimos mucho tiempo abrazados el uno al otro. Besé sus mejillas, sus labios, dejando por fin brotar las lágrimas. Pierre me secó el rostro y me besó despacio. Despegó ligeramente sus labios de los míos.

—Te quiero.

Hacía meses que no me lo decía.

—Yo también te quiero.

Un último beso, y me soltó.

—Ahora vuelve a casa.

—Mañana te llamaré en cuanto pueda.

Abrí la puerta del edificio y Pierre giró sobre sus talones. Me lanzó una mirada por encima del hombro, me sonrió y me hizo una señal para que entrase. Obedecí. Al atravesar el patio para ir hasta la escalera, pensé que volvía a casa sin mí por primera vez. Pero quizás esa separación nos uniría y reavivaría la llama.

Encerrada con dos vueltas de llave en mi estudio, me senté en la cama y miré a mi alrededor. A mis treinta y un años, descubría lo que era vivir en una habitación de estudiante. Esperaba no tener la impresión de volver a casa de mis padres los fines de semana con la única motivación de lavar la ropa. Mi entorno entre semana se limitaría a veinte metros cuadrados. No podía decir que estuviera sucio o vetusto, era correcto. De todas formas no tenía derecho a quejarme, porque no pagaba el alquiler. Por una vez en mi vida, sentía no tener televisión. Nunca la encendía, pero algo me decía que su compañía no estaría de más durante mis futuras veladas en solitario. ¿No había invertido demasiadas esperanzas en esta reconversión y pecado de un exceso de confianza en mí misma?

3.

Tenía un nudo en el estómago del tamaño de un obús, las manos entumecidas y las piernas temblorosas. La primera impresión de mi nuevo lugar de trabajo no mejoraba en nada mi estado. Me encontraba al pie de un edificio haussmaniano en el barrio de La Madeleine. Era mi primer día. Estábamos a 10 de enero, y me esperaban. ¿Y si no daba la talla? ¿Y si no encontraba mi sitio? Era mi única oportunidad de convertir mis sueños en realidad, ¡y de pronto parecía tan frágil! Me armé de valor sacudiendo la cabeza y avancé por fin hacia el imponente portalón. No tuve tiempo de apoyarme en él: se abrió y dos hombres salieron del edificio. El semblante serio, trajeados, maletín en mano, no repararon en mi presencia, prosiguieron su conversación y se introdujeron en el asiento de atrás de una gran berlina negra que arrancó de inmediato. Entré en un lujoso recibidor, con moqueta roja en la escalera, *boiseries,* dorados y macetas, sin olvidar la portería. No había buzones, solo placas fijadas en la pared. «Capital Risk Development», no, «J. Investissements», tampoco, «G&M Asociados», nada. «El Atelier, tercer piso». Ese era.

En el ascensor, me crucé con mi imagen en el espejo: mi cara me dio miedo. Tenía ojeras y estaba pálida como la muerte. En el descansillo del tercer piso, una única puerta de doble hoja. Llamé. Me abrió una mujer.

—Iris, supongo —me dijo con voz grave y envolvente.

—Sí, buenos días.

—Soy Marthe. La esperaba. Entre.

Aquella mujer de poco más de sesenta años estaba dotada de una belleza y una elegancia infrecuentes, de otra época. El pelo moreno y rizado llevaba laca sin que se notara, y le sentaba bien. Sus ojos color avellana, así como su boca roja y generosa, daban brillo a una tez de porcelana. Mientras la seguía a través del pasillo, me fijé en su manera de caminar, digna de una modelo: la cabeza alta, la espalda arqueada, los hombros hacia atrás y calzada con auténticos zapatos de tacón de aguja, ocultaba su esbelta silueta bajo un vestido vaporoso y oscuro.

—Le voy a enseñar el *atelier*.

Con un gesto amplio, me invitó a pasar primero. Entré por una gran puerta acristalada en lo que debía de ser originalmente una sala de recepción. Mis pasos hacían crujir ruidosamente el parqué, mientras que los tacones de la mujer repiqueteaban sutilmente. La chimenea de mármol seguía aún en pie, coronada por un gran espejo, y las molduras del techo atrajeron mi mirada durante un instante. Una decena de máquinas de coser profesionales estaban dispuestas sobre mesas de trabajo. Al lado de cada una de ellas, un maniquí de madera. Las numerosas ventanas bañaban de luz la estancia. Una lámpara de araña inmensa se encargaba de la iluminación al caer la noche. Mi guía me hizo una señal para que la siguiera.

—Aquí están los probadores.

Abrí los ojos como platos. Grandes cortinas de terciopelo negro separaban las cabinas; una pared entera cubierta de espejos, un diván y pufs de terciopelo púrpura amueblaban ese extraño gabinete. A continuación descubrí el almacén, una auténtica cueva de Alí Babá. Rollos de seda, de satén, de brocado, de punto, de lamé, de crepé, de tejidos a cual más suntuoso junto a cajas desbordantes de botones, plumas, encajes, perlas, lazos y pasamanerías. Uno de los salones contiguos estaba dedicado al corte. El piso había sido completamente rediseñado para instalar el *atelier,* conservando a pesar de todo su espíritu típicamente parisino.

La mujer me condujo hasta una escalera de caracol.

—En este piso hay una cocina, un cuarto de baño y sitio para guardar sus efectos personales. Antes de bajar, tenemos algunas formalidades que cumplir.

Entró en una habitación y se sentó tras una mesa de despacho —la suya—. Me entregó varias hojas, se instaló cómodamente en su sillón, cogió un cigarrillo con boquilla y lo encendió. Expulsó sensualmente las volutas de humo. Me recordó a Coco Chanel. Mientras yo rellenaba formularios, me observaba en silencio, lo que acentuó mi malestar y mi pánico. Una vez los hube completado todos, me armé de valor.

—¿Quién es usted?

Mi voz temblorosa me delataba. La mujer sonrió. Mi incomodidad parecía divertirla.

—Soy Marthe, ya se lo he dicho.

—¿Imparte usted los cursos?

Se echó a reír.

—¿Yo? Ni siquiera sé coger una aguja. Considéreme más bien la señora de la casa. O la intendente, si prefiere. Ahora bajemos, deben de haber llegado sus compañeras. Otro pequeño detalle, ¿qué material ha traído usted?

—Pues... mis tijeras, una cinta métrica, un dedal, agujas de coser y de punto, y un cuaderno de notas también.

Inclinó la cabeza.

—Es usted seria, Iris..., y está paralizada.

Era una afirmación a la que no tenía nada que objetar. Me acompañó hasta la entrada del taller. En efecto, las otras alumnas estaban allí, discutiendo a media voz entre las mesas. A nuestra llegada, se callaron y volvieron a sus puestos.

—Mi papel acaba aquí —me dijo Marthe—. Señoritas, den la bienvenida a Iris.

Mis hombros se relajaron mientras la miraba alejarse. Me sobresaltó un carraspeo. Me esperaban para la primera lección del día. Atravesé la estancia ante la mirada de las otras chicas, que me dieron la bienvenida con una sonrisa de soslayo. Tenían todas un estilo bien definido, al contrario que yo, que en realidad no tenía ninguno. Estaba la *fashion victim*, la *roots* con sus *piercings* y sus rastas, una que había optado por la moda hip-hop, y finalmente la que era *vintage* de la cabeza a los pies. Su punto en común: todas tenían diez años menos que yo.

Aquella primera jornada fue catastrófica. Necesité toda la mañana para comprender el funcionamiento de la máquina de coser, que no tenía nada que ver con mi Singer. Todas mis puntadas arrugaban el anverso de la tela. Rompí un número incalculable de agujas, y siempre pulsaba el botón equivocado. No paraba de pincharme. Más de una vez manché la tela con gotas de sangre que brotaban de mis dedos. Luego estaba la remalladora, que aprendería a manejar otro día: no quería hacer más el ridículo. Tenía la sensación de no saber coser, como si hubiese caído allí por casualidad, o más bien por error.

A la hora de la comida, decliné la invitación de mis jóvenes compañeras, y sus risitas hicieron que no me arrepintiera. Mientras mordisqueaba una barra de cereales, arreglé cuentas con la maldita máquina y conseguí domarla por fin. Dediqué toda la tarde a intentar recuperar el retraso. A pesar de todo, era como si nunca hubiese confeccionado una falda cruzada. Al final de la jornada volví a casa rendida y totalmente desanimada. Mi moral se hundió por completo cuando me encontré encerrada entre las cuatro paredes del estudio. A pesar de todo, mientras comía una lata de raviolis, me prometí que al día siguiente lo haría mejor. Ni hablar de salir corriendo, de renunciar a mis aspiraciones.

El resto de la semana pasó a la velocidad de la luz. En el taller, no me dejaba distraer por el incesante murmullo de las demás. Necesitaba concentración, tenía que recuperar el retraso porque había empezado a mitad de curso y no podía perder el tiempo. Y, sobre todo, no quería perderme nada de todo lo que podía aprender. No había ido hasta allí para hacer turismo. El profesor, que se llamaba Philippe, había trabajado para grandes casas de moda antes de cansarse de la locura y la presión de los desfiles. Había decidido aprovechar su experiencia para ayudar a los más jóvenes. Y «¡la gran Marthe me propuso trabajar aquí!», me había contado. Tenía unos cincuenta años e imponía por su estilo, cuidado hasta el más mínimo detalle. Complexión deportiva, manos de pianista, pajarita, camisa almidonada, chaleco, reloj con leontina en el bolsillo, anillo con calavera y zapatillas personalizadas. Llevaba siempre un gran delantal bien anudado a la cintura. Cuando yo cometía un error, me traspasaba con su mirada azul acero a través de sus grandes gafas de plexiglás transparente, y yo sabía que debía empezar todo de nuevo. Sin dejar de ser exigente y riguroso, se mostraba a la vez paciente y benévolo. Esperaba un trabajo limpio, esmerado y preciso tanto en la elaboración como en el resultado. No toleraba ninguna confianza, y yo me alegraba de ello. Mis perspectivas de futuro le dejaban sin habla. Por el momento, no me había dado ninguna opinión sobre la calidad de mi costura, esforzándose en principio en corregir todos mis defectos, los tics que, en su opinión, perjudicaban mi trabajo. En varias ocasiones vi a la mujer que me había enseñado el taller. Cuando llegaba, Philippe nos avisaba en un tono confidencial: «Viene la jefa, queridas». Abandonaba toda actividad y la saludaba con un respeto más allá de la lógica. Ella se detenía en el umbral del aula. Nos pasaba revista con la mirada, y yo sentía cierta insistencia sobre mí. Era la nueva, debía acostumbrarme.

El viernes por la tarde, en el tren que me llevaba hasta Pierre, hasta mi casa, releí mis notas y repasé mis bosquejos. Me había pasado todas las noches de la semana dibujando modelos, intentando poner en práctica los consejos de Philippe. Era más fuerte que yo. Estaba deseando contárselo todo a mi marido, decirle hasta qué punto la costura me hacía feliz. Debía comprender que mi vida estaba cambiando. Quería que me acompañase en esa etapa. Al bajar del tren, me sorprendió no verle en el andén. Consulté mi móvil, tenía un mensaje: «Cariño, he tenido que quedarme en el hospital, no sé a qué hora volveré. Lo siento».

Me dio tiempo a hacer la compra, poner una lavadora y preparar la cena antes de oír cómo se abría la puerta de entrada. Corrí y salté al cuello de Pierre.

—¡Por fin!

—Perdona, lo siento mucho, no podía...

—Ahora estás aquí, así que bésame...

Me besó y me abrazó mientras me decía que me había echado de menos. En sus brazos, le conté mis planes para el fin de semana.

—¿Y si fuéramos a cenar mañana por la noche? Podríamos ir a ese restaurante en el que celebramos el final de tu residencia. Y el domingo, después de desayunar en la cama y levantarnos tarde, un paseo por el campo nos sentará bien. Ni tú ni yo hemos tomado mucho el aire esta semana.

—Estupendas ideas, no te digo que no, pero...

—¿Has previsto algo especial?

Le miré con una sonrisa hambrienta en los labios.

—Oh, no especialmente, iremos al restaurante si quieres, pero con todo el mundo, y hablé ayer con mi madre, nos esperan el domingo a comer. No podía negarme a ninguna de las dos cosas.

Me aparté de él.

—Pierre, no nos hemos visto en toda la semana. Tengo ganas de que estemos juntos.

—¡Pero si estaremos juntos!

—Sí, pero también estarán los demás, y yo quería que estuviésemos solos. Tengo muchas cosas que contarte.

—Ya me lo has contado todo por teléfono. Además, quieren verte para que les expliques lo que haces.

Intenté convencer a Pierre hasta el último momento de que al menos anulase la salida con toda la pandilla. Acabó por no responderme cuando le hablaba. Y al final fuimos al restaurante con los demás. Pierre había asegurado que todos nuestros amigos se interesaban por mi nueva actividad, y sin embargo me preguntaron lo mínimo indispensable sobre el curso y mi vida parisina. Lo mismo ocurrió al día siguiente en casa de mis suegros. Al menos, Pierre no se separó de mí en ningún momento.

Aquella tarde de domingo tenía el corazón encogido en el andén de la estación. Sostenía la mano de Pierre mientras miraba fijamente el reloj.

—El fin de semana que viene no tendré planeado nada, estaremos los dos juntos —me dijo—. Tenías razón.

Me abracé a él.

—¿Te vas a casa?

—No, voy al hospital.

—¿Por qué?

—Porque no me gusta estar solo en casa... Vamos, sube, es la hora.

Tuvimos el tiempo justo de darnos un beso antes de subir al tren y de que la puerta se cerrase. Pierre no esperó: se dio la vuelta de inmediato y su silueta desapareció en la escalera mecánica.

Tendría que haber tomado clases particulares para quedarme tranquila. Eso fue lo que me dije al llegar al taller al principio de la semana y oír charlar a las chicas acerca de su noche de sábado en la discoteca y su último novio. Me asusté. ¿Me había hecho mayor hasta el punto de censurarlas por tener preocupaciones propias de su edad? Se las veía tan despreocupadas, tan llenas de vida, con todo el futuro por delante, que era evidente que lo que pensaran los demás les traía sin cuidado. A su edad yo estaba a punto de casarme. Finalmente nunca había sido libre. En aquel momento solo sentía envidia, y apartaba la mirada del espectáculo de una juventud que no conocería nunca.

Durante toda esa segunda semana del curso tuve la sensación de que Philippe me dedicaba la mayoría del tiempo y de que estaba pasando un examen de aptitud. No se me asignaban las mismas tareas que a las otras, y su nivel de exigencia había subido un grado. A pesar de la sorpresa y de la presión, estaba encantada. Era toda una lección, pero necesitaba horas suplementarias.

La mañana del lunes de la tercera semana, cuando llegó Philippe, nos anunció sin más preámbulos que teníamos una semana para confeccionar un traje pantalón de mujer. Yo debía de haber pasado la prueba, porque de nuevo seguía el mismo programa que las demás. Distribuyó el patrón y nos pidió que empezásemos a trabajar. Al descubrir la foto de la prenda que teníamos que hacer, se me pusieron los pelos de punta. ¡Iba vestida igual que yo cuando trabajaba en el banco, con un uniforme multiuso, soso y poco femenino! Philippe se acercó a mí.

—Diviértete —me dijo.

—¿Qué quiere decir?

Alzó la mirada sonriendo.

—Os estoy pidiendo que hagáis un saco de patatas, ahora depende de ti, tesoro...

Me dio la espalda y se fue a interponerse entre las chicas, que se estaban peleando acerca de las telas a elegir. Después de todo, nadie nos había prohibido fantasear un poco. Creo incluso que acababan de darme permiso para tomarme algunas libertades. Saqué mi cuaderno de bocetos, me eché el pelo hacia atrás y usé un lápiz para sujetarme el moño. Después me lancé a esbozar el traje pantalón, al que tenía intención de añadir algunos cambios. El mío no serviría para ir a trabajar, sino para salir y realzar a la mujer.

—Original —me dijo una voz grave y lánguida por encima de mi hombro, mientras retocaba el boceto.

Me sobresalté y levanté la cabeza, el lápiz permaneció suspendido en el aire. Las conversaciones habían cesado y todas las miradas apuntaban en mi dirección. En particular la de la jefa.

—Iris, ven a mi despacho.

Mi cara de asombro no le impidió coger el croquis. Abandonó la habitación y salí detrás de ella. Acababa de cometer un gran error al querer alejarme del patrón. Sin embargo, estaba segura de que Philippe había intentado enviarme un mensaje. Mientras me dirigía hacia la escalera, le busqué con la mirada, pero había desaparecido. En su despacho, Marthe se sentó y me invitó a hacer lo mismo. Con una boquilla entre los labios, estudió mi dibujo atentamente.

—¿Por qué has hecho esto? —terminó por preguntar mientras me lo devolvía.

—Volveré al modelo de base, no debí...

—No es eso lo que te he preguntado. Poco importa. ¡Por fin una estudiante con ideas y un buen trazo!

—No he hecho nada especial, señora.

Levantó la mano.

—Nunca me llames señora, llámame Marthe. Tu forma de dibujar y de adornar ese traje habla por sí misma. He visto también la calidad de tu trabajo desde que llegaste. Sabes coser. Tanto informal como traje. ¿Has pensado ya en crear tus propios diseños?

—Yo no los llamaría diseños, he hecho algunos vestidos, faldas, ropa básica.

—¿Qué quieres hacer después de terminar aquí?

—Me dedicaré a la costura en mi casa. Haré un poco de todo: retoques y algo de ropa de vez en cuando, espero...

«Lo que me permitirá ser madre de familia a tiempo completo», pensé.

—Es un desperdicio. Seguiré de cerca tu trabajo esta semana.

—¿Por qué?

—Porque me interesas. ¡Hazlo! —señaló mi dibujo—. Ahora vuelve a tu puesto.

Obedecí y volví al taller. Todas las chicas se me echaron encima en cuanto llegué.

—¿Qué quería decirte Marthe?

—Nada.

—¡Sí, claro! Sigue manteniéndote al margen —me dijo una de ellas.

—Nos da la impresión de que nos miras un poco por encima del hombro o te damos miedo —insistió otra.

No supe qué responder, todavía paralizada por mi entrevista con Marthe. Volvieron todas al trabajo, dejando que creciese mi malestar.

Una hora más tarde, en la pausa de la comida, les pregunté si podía ir con ellas. Encantadas, me hicieron señas para que las siguiese. Sentadas a la mesa de un pequeño bar, por fin nos conocimos, y pude constatar, aliviada, que eran bastante simpáticas. Me di cuenta al hablar con ellas de que estaba llena de prejuicios y había perdido la costumbre de conocer a gente nueva, lo que no iba nada conmigo. Sus ambiciones eran maduras, en contraposición a su vida cotidiana de jovencitas, y su energía tenía un efecto refrescante en mí. En el camino de regreso al taller, me dijeron que Marthe era dueña de todo el edificio, que vivía en las dos últimas plantas y organizaba muchas recepciones.

Me puse a trabajar más relajada que unas horas antes. Al final del día, llevaba un retraso considerable en mi confección, pero me sentía satisfecha. Dejé el taller al mismo tiempo que las chicas.

Dos días después, mientras hilvanaba el pantalón, Marthe pasó revista al taller. Echó una mirada al trabajo de cada una y terminó con el mío. Con la boca llena de alfileres, le hice una seña a modo de saludo. Examinó de nuevo mi modelo dibujado antes de tocar el crespón de seda negra que había elegido para mi traje y el satén azul oscuro del forro y todos los detalles del acabado. Luego fue a hablar con Philippe mientras seguía observándome. Era muy desagradable y desestabilizador.

Volvió esa misma tarde, en el momento en que estaba terminando de hilvanar el chaleco ajustado que hacía las veces de chaqueta. Lo coloqué en el maniquí y di unos pasos atrás para revisar los defectos.

—Cuando lo hayas acabado, me gustaría enseñárselo a una amiga —me dijo.

—No merece la pena que salga de aquí, es solo una tarea de clase.

—Es un pecado desperdiciar tanto talento.

—Exagera usted.

Me miró fijamente con sus ojos avellana y sonrió.

—Ya hablaremos.

Dejé caer los hombros, y suspiré. Ella se echó a reír y abandonó la estancia.

Al día siguiente, Philippe me dio de nuevo una clase particular, no podía llamarse de otra forma. Tras comprobar que las chicas podían arreglárselas solas, se consagró a mí. Se había fijado en la gran dificultad que tenía el chaleco: unos ojales ribeteados en la parte baja de la espalda. Era una técnica que nunca había conseguido dominar. Pasamos allí el día entero y nos quedamos hasta muy tarde. Se olvidó del horario y me obligó a volver a empezar tantas veces como fue necesario para llegar a la perfección de la técnica. Cuando por fin estuvimos satisfechos con el resultado, volví a casa y me acosté agotada. Sin embargo, todavía me invadía la excitación y tardé en conciliar el sueño. Cuando cerraba los ojos, veía tijeras, alfileteros, pespuntes y el bies.

El jueves por la tarde decidí trabajar más horas: quería terminar pronto al día siguiente para volver lo más rápidamente posible a casa y ver a Pierre. Mientras Marthe estuviese podía seguir allí, me precisó Philippe. Y allí estaba ella, observándome desde primera hora de la tarde.

—Iris, ¿te vienes a tomar una copa con nosotras? —me propuso una de las chicas.

—Gracias, pero voy a seguir un poco más, quiero avanzar.

—Entonces otro día.

—Sí. Divertíos, hasta mañana.

Y al verlas marchar, me prometí que la semana siguiente saldría con ellas. Ya no me estresaba su presencia, sino la de la patrona. No comprendía qué quería de mí. Intenté olvidarme de ella para concentrarme en mi tarea. La vi levantarse por el rabillo del ojo. Se acercó a mi mesa.

—¿Te gusta lo que haces, Iris?

La contemplé, sus ojos miraban alternativamente mi trabajo y a mí.

—Claro.

—¿Por qué decidiste no respetar el modelo obligatorio?

—No me gustaba. Solo servía para pasar desapercibida en una oficina, me traía malos recuerdos.

Acababa de hablar demasiado. Sonrió.

—El tuyo podría servir para trabajar en una oficina. Si lo llevaras puesto a una negociación, la ganarías nada más cruzar la estancia. Realzará tu cuerpo.

—No lo he hecho para mí.

Volvió a sonreír.

—Hubo un tiempo en que a Jules le habría gustado que yo lo llevase —murmuró.

Su mirada se veló, y los rasgos de su rostro reflejaron una profunda tristeza. Metió la mano en un minúsculo bolsillo, que yo no había visto hasta entonces. Cogió algo que se llevó a la boca y tragó de inmediato, con un gesto apenas perceptible.

—Pedimos confeccionar un modelo básico porque, precisamente, esa es la base. Las alumnas capaces de realizar un trabajo de esa calidad y tan elaborado no son frecuentes —prosiguió.

—Las demás no han tenido la idea, eso es todo, pero son capaces de hacerlo.

—¡Tu modestia es patológica y se está volviendo francamente molesta!

Su expresión era muy seria. Me desafió con la mirada, y fui la primera en bajar los ojos. Volvió a su despacho, regresó minutos más tarde y dejó unas llaves sobre mi mesa.

—Quédate a trabajar el tiempo que quieras, luego cierra el *atelier*. Me subo a casa. Pronto nos veremos, Iris.

—Eh... Adiós, y gracias por las llaves.

Me dedicó un pequeño gesto sin volverse. La seguí por el pasillo. ¿Quién era aquella mujer? Una vez más, noté su elegancia. Caminaba con suavidad, a pesar de sus tacones de aguja. Llevaba sobre su vestido camisero un abrigo entallado cuyo cinturón colgaba por ambos lados, sostenía un par de guantes de piel en la mano y lucía un Kelly en la muñeca. Cerró la puerta. Me quedé sola en el taller, y en el edificio no estábamos más que ella y yo. Eran las ocho pasadas, todo el mundo había vuelto a casa.

Dos horas más tarde, decidí dejarlo. Al día siguiente solo tendría que planchar y cortar los últimos hilvanes. Di la vuelta al piso y apagué todas las luces. A pesar de las excentricidades de Marthe, me sentía bien allí. Comprobé diez veces que la puerta estaba correctamente cerrada con llave. Me entraron ganas de estirar las piernas y bajé por la escalera. Al llegar al primer piso, me sorprendió descubrir a una mujer que llamaba al timbre de la sociedad de inversiones. Se volvió hacia mí con una gran sonrisa. Parecía una muñeca directamente salida de un manga japonés. ¿Qué edad tendría? Adoptaba una expresión falsamente ingenua, lejos de ser natural.

—Buenas noches —le dije por educación.

—¡Hola! ¿Sales de la escuela de costura?

—Sí.

—¡Jo, qué suerte! Me encantan los trapos. Quería estudiar estilismo, pero mi padre me envió a una escuela de Comercio, y no me entero de nada.

La puerta se abrió automáticamente.

—La están esperando, ¿no?

—Tomo clases particulares y traigo la cena —dijo divertida, mostrando unas cajas de sushi.

¿Desde cuándo se acude a unas clases particulares con abrigo de piel y a las diez de la noche? Pasé a su lado y casi me asfixio al respirar su perfume de fresa.

—Que le vaya bien la clase.

—Oh, sí, ¡me encanta venir aquí!

Miré a lo alto sin que ella me viera. Mientras seguía bajando las escaleras pensaba que, en lugar de meterme presión, Marthe haría mejor preocupándose de las actividades nocturnas en su edificio... Al llegar al vestíbulo, oí a la estudiante y repartidora de sushi lanzar una risa tonta y después una puerta que se cerraba. Desde la calle, no pude evitar echar un vistazo hacia las ventanas iluminadas del primer piso; allí no iban a hablar de comercio internacional.

Pierre respetó su promesa. No vimos a nadie. Cada uno se dedicó a lo suyo. Sin embargo, el fin de semana no careció de ternura y tuve la sensación de que mi marido se fijaba en mí un poco más que de costumbre. Y además me lo mostró con sus actos, pues, por una vez, tomó la iniciativa de hacerme el amor. Después, retrasé al máximo el momento de hablarle de Marthe y de su interés por mí. Algo me decía que no le iba a hacer mucha gracia. No me equivocaba.

—Iris, desconfía de esa mujer.

—¿Por qué?

—Porque se mueve en un ambiente distinto al nuestro y no sois del mismo mundo. Te conozco, te sentirás atraída hacia ella sin razón y empezarás a fantasear. Pero ella te olvidará en cuanto termines el curso.

—Quizás tengas razón.

4.

Terminaba otra semana de curso. Había estado todos los días sometida a la silenciosa observación de Marthe. Aparecía en el taller, se instalaba en un sofá frente a mi mesa de trabajo, cruzaba las piernas y me miraba fijamente. De vez en cuando hacía una seña a Philippe, siempre atento, que se presentaba de inmediato y respondía a sus preguntas. Tenía la impresión de ser una rata de laboratorio cuyo comportamiento estaban estudiando, y poco podía hacer al respecto.

El jueves propuse yo misma a las chicas ir a tomar una copa juntas. Aceptaron. Durante la velada, me di cuenta de que era la primera vez que salía solo con chicas, y sobre todo con chicas que compartían mi pasión. Desde que Pierre y yo nos habíamos conocido —cuando tenía veinte años—, no me había relacionado más que con estudiantes de Medicina, y después con médicos diplomados. Y nunca había intentado pasar más tiempo con las parejas de unos y otros: no me interesaba ir de compras, yo misma me hacía la ropa en el desván con mi Singer. No teníamos las mismas preocupaciones ni los mismos gustos en moda. Ellas seguían el dictado de las grandes marcas y siempre, tras lanzarse a una competición inmisericorde por las tiendas, acababan vistiendo el mismo uniforme. Mientras que las chicas del taller y yo, a pesar de nuestros diez años de diferencia, por no hablar de nuestros orígenes, nos comprendíamos. Pasé una noche genial con ellas. Volví a casa en el último metro y algo achispada. Si Pierre se enterase...

A la mañana siguiente, la ausencia de Marthe hizo que me sintiese más ligera. Pero ese viento de libertad no sopló durante demasiado tiempo. Un hombre de unos cincuenta años y sienes encanecidas llegó al taller poco antes del mediodía. Estaba muy elegante con sus pantalones de franela, su camisa impoluta y un jersey de cachemira de cuello de pico. Saludó a Philippe, que me señaló con la mano. ¿Qué habría hecho yo ahora? Se acercó a mí sonriendo.

—¿Es usted Iris?

—Sí, buenos días.

—Me llamo Jacques, soy el mayordomo de Marthe —me anunció dándome la mano.

¡Un mayordomo! No me sorprendía que Marthe tuviese personal a su servicio, pero ¡un mayordomo! ¿En qué mundo me había metido?

—Marthe la espera para comer en esta dirección.

Me tendió una tarjeta.

—Preséntese a la una de la tarde, no se retrase.

—Gracias.

Me sonrió amablemente y se marchó.

Una hora más tarde entré en un restaurante cerca de la Place Vendôme. Apenas había tenido tiempo de buscar a Marthe con la mirada cuando vino a mi encuentro un camarero. Si no hubiese estado tan nerviosa, creo que me habría echado a reír al verle hacer una reverencia.

—Señora.

—Buenos días, estoy citada con...

—La está esperando, sígame.

Vale, Marthe era una clienta VIP. Me escoltó hasta su mesa. Estaba absorta mirando hacia la calle, como ajena a lo que pasaba a su alrededor. El camarero me dejó de inmediato a solas con ella.

—Buenos días, Marthe.

Sin mirarme siquiera, consultó su reloj.

—Eres puntual, me gusta. Siéntate.

Di las gracias mentalmente al mayordomo y obedecí a Marthe. Sus ojos penetrantes me examinaron de arriba abajo. Después cogió su servilleta, la desplegó y la colocó sobre sus rodillas.

—Comamos. Hablaremos después.

Como por arte de magia, sin haber echado siquiera un vistazo a la carta, nos comenzó a servir un joven apenas salido de la adolescencia que se acercaba a nuestra mesa como si estuviera yendo a la horca. Marthe ya había pedido por mí. Empezó a comer. Yo no tenía ni pizca de hambre. Su mirada se dirigió a mis manos, pegadas a cada lado del plato. Me armé de valor y me forcé a comer. ¿Qué querría de mí?

Cuando dejó sus cubiertos, aproveché para apartar mi plato.

—¿Vas a ver a tu marido esta noche? —me preguntó.

—Pues... sí. ¿Cómo sabe que estoy casada?

—Por tu ficha, querida. ¿Qué opina él de tus ausencias?

—Las aprovecha, trabaja aún más, y está contento.

¿Por qué le estaba contando eso? Suspiré.

—¿A qué se dedica?

—Es médico en un hospital.

—No debes de verlo mucho.

—Es cierto, bastante menos de lo que querría.

Esbocé una sonrisa y me abstuve de llevar más lejos mis confidencias, porque sentía que acabaría revelando a Marthe hasta el color de mis bragas.

—¿Y usted, Marthe?

—Estuve casada durante treinta maravillosos años con Jules. Murió hace tres.

—Lo siento.

Sumergió su mirada en la mía, y sin saber por qué, me sentí mal.

—Estaba obsesionado con el trabajo, pero seguí siendo su amante, es cuestión de voluntad.

¿Y qué tenía que ver eso conmigo?

—Se dedicaba a las finanzas, especuló, jugó en bolsa e hizo fortuna. Después fundó las sociedades del primer piso, se ocupaba de gestionar patrimonios, inversiones, fondos de pensiones —continuó—. Lo dirigió todo hasta el final.

—¿Y quién se ocupa de eso ahora?

—El que fue su mano derecha. Confiaba totalmente en él, y yo también.

Hizo una seña al joven para que recogiese la mesa y pidió dos cafés.

—De hecho le vas a conocer pronto... Organizo un cóctel el fin de semana que viene, y tú irás.

—Eh... Es muy amable por su parte pensar en mí, pero...

—Te necesito en esa velada, Iris.

—¿A mí? Pero ¿para qué?

Escondí mis manos temblorosas bajo la mesa. Me invadía el pánico.

—Vas a hacerme un vestido, tienes carta blanca y todo el taller para ti.

—No creo que...

—Y tú llevarás tu traje de ejecutiva, eso permitirá exponer al máximo tu talento.

—Escuche, Marthe, no entiendo por qué piensa usted que yo...

—No puedes negarte. Es un pedido impuesto por la directora de la escuela. Si te niegas, no vuelvas la semana siguiente.

—No puede hacerme esto, Marthe, por favor.

—Tengo una cita, después pasaré por el *atelier* para que me tomes las medidas.

Se levantó. El *maître* la ayudó a ponerse el abrigo, y se marchó, dejándome sola en la mesa.

Volví al taller completamente alelada. Philippe se reía para sus adentros, sabía muy bien lo que acababa de caerme encima. Las chicas advirtieron que algo no iba bien.

—¿Qué te pasa? ¿Has visto un fantasma?

—Marthe... Marthe quiere que le haga un vestido.

—¡Oh, eso es genial!

—¡No tiene nada de genial! Si me niego, me expulsará.

—Eso ni lo pienses, lo conseguirás, así que te quedas con nosotras.

—No, no seré capaz.

—Iris, de nosotras eres la que más talento tiene, vas a ser un bombazo. Oye, además, no tienes derecho a rechazar una oportunidad como esta. Así que ponte en marcha y prepárate, porque si no te vamos a hacer la vida imposible.

Philippe les concedió una pausa más larga de lo habitual para que me alentasen, y sobre todo para impedir que el pánico me invadiese de nuevo.

Me obligué a parecer casi normal cuando Marthe llegó por la tarde. Sin decir palabra, se metió en el probador. Inspiré con fuerza mientras me recogía el pelo, y, con mi metro y algo para anotar, me reuní con ella. Me esperaba en el centro de la habitación. Empecé a tomarle medidas. Perfectas. Un cuerpo esbelto, el talle extremadamente fino, su pecho en perfecta armonía con su delgadez. Más bien huesuda, pero endiabladamente femenina con sus pantalones pitillo azul marino y su top de seda color crema. Marthe representaba la elegancia francesa en su estado más puro. Durante toda la operación sentí el peso de su mirada sobre mí. Ella sabía lo que debía hacer, se movía, levantaba los brazos sin necesidad de que yo se lo pidiese. El silencio y la proximidad física hicieron que la atmósfera de la estancia se enrareciese hasta hacerse insoportable.

—Deme al menos una indicación sobre sus gustos.

—Quiero que crees, Iris, es todo lo que te pido. Quiero que ensayes. No me importa si fracasas, podrás quedarte aquí y te dejaré en paz, me comprometo a ello.

Por la autoridad que emanaba, y a pesar de sus métodos, decidí confiar en ella. ¿Acaso tenía elección?

—De acuerdo, lo intentaré. Pero al menos piense en un vestido alternativo... En caso contrario no iré a su recepción.

Tomó mi mentón entre sus dedos.

—Todo irá bien, querida, yo estaré contigo.

Estaba claro que no tenía alternativa. ¿Qué pensaría Pierre de todo esto? Nada bueno, estaba segura.

Me encerré en el almacén. Me puse a tocar telas, las pellizcaba, las doblaba, probaba su efecto sobre mi piel para encontrar la que me sedujera, la que pudiese sentar bien a Marthe. Necesitaba que el tejido y su silueta me inspirasen. Después de varias horas, conseguí elegir varias muestras. De un vistazo al reloj comprendí que había perdido el tren. Qué más daba, tomaría el siguiente.

Me pasé todo el sábado encerrada en el desván. Hojeaba frenéticamente todos mis libros sobre moda y grandes modistos. Centré mi atención en los trabajos de Coco Chanel y de Yves Saint Laurent. Ambos habían revalorizado a las mujeres, liberándolas de sus grilletes, haciéndolas independientes y seguras de sí mismas. Me parecía que su inspiración le vendría bien a mi patrona. Las bolas de papel arrugado se acumulaban por toda la estancia. Mi cabeza daba vueltas en todos los sentidos de la expresión. No me gustaba lo que dibujaba y, sobre todo, no veía a Marthe llevando lo que imaginaba. Nada estaba a la altura.

Esa noche, a regañadientes, acompañé a Pierre a casa de unos amigos que nos habían invitado a cenar. Escuché cómo les contaba, socarrón, que me había transformado en una estudiante aplicada. Yo no abrí la boca, pero su actitud me molestó y me apenó. Para una vez que hablaba de lo que hacía, era para burlarse. ¿Llegaría el día en que podría disfrutar de un apoyo de verdad? Los otros se mofaban, no se creían que pudiera ser una trabajadora empedernida. Lo aguanté todo con una sonrisa estúpida. El resto de la velada apenas participé en la conversación, solo pensaba en mis bocetos.

De regreso a casa, me acosté al mismo tiempo que Pierre. Pero daba vueltas y vueltas. Me resultaba imposible conciliar el sueño. Salté de la cama.

—¿Qué haces?

—Voy a trabajar, tengo una idea.

Pierre encendió la luz, se había incorporado y me miraba.

—Eso puede esperar a mañana, ¿no?

—Prefiero aprovecharla ahora que está fresca.

Miró al techo y apagó su lamparita.

—Esto es ridículo —murmuró.

No quería empezar una discusión nocturna, aunque me hubiese gustado decirle que aquello no era más que una pequeña muestra de lo que yo había estado sufriendo durante años. Sin ningún remordimiento, le dejé refunfuñando y me fui a plasmar sobre el papel el diseño que me acababa de venir a la cabeza.

El lunes por la mañana descubrí que mi mesa de trabajo había sido desplazada durante el fin de semana. Seguía estando junto a las chicas —que se habían convertido en unas fervientes animadoras—, pero tenía más tranquilidad y espacio. Trabajé encarnizadamente durante toda la semana, sin abandonar el taller más que para dormir unas pocas horas en casa. Me concentré en el vestido de Marthe. Aunque en un primer momento había elegido un color tornasolado, cambié de opinión y me decidí por una seda salvaje azul cobalto, un color profundo. Aquello se correspondía más con la personalidad enigmática y turbadora de mi patrona. Al contrario de lo que solía hacer, Marthe realzaría su talle de avispa. Su vestido sería recto, ceñido a su cuerpo, con mangas tres cuartos. Había notado que siempre llevaba las mismas joyas, así que deberían conjuntar con el modelo, especialmente el collar enmarcado en el escote cuadrado. Al observarla en distintos momentos, me había percatado de que todos sus vestidos llevaban un bolsillo casi invisible. Añadiría uno al mío. Invadí la sala de corte para trazar el patrón con tiza y cortar con precaución cada pieza del vestido. Supliqué a Marthe que viniese a ver el traje y se lo probara; se negó en cada ocasión en que se lo propuse. Tenía el apoyo incondicional de Philippe, que canalizaba mis ataques de pánico, bastante frecuentes. Para calmarme, me daba lecciones, me obligaba a repasar costuras que consideraba débiles, no lo suficientemente perfectas: los famosos pliegues. La discreción debía reinar, no tenía derecho a cometer errores; no debía verse arruga alguna y el fondo del bolsillo debía ser perfectamente liso. En esos momentos olvidaba la importancia de mis deberes, pero... ¿podía calificarse la petición de Marthe como deberes de clase? Lo dudaba.

—No habrás olvidado que mañana por la noche no voy, ¿verdad? —pregunté a Pierre por teléfono la tarde del jueves.

—¿De qué hablas?

—Te lo dije el fin de semana pasado y no me escuchaste. Tengo que acudir a una recepción en casa de Marthe, quiere que esté presente, y no me preguntes por qué, no sé nada.

—Todo esto empieza a adquirir un cariz que no me hace ninguna gracia. Se supone que estás haciendo un curso, no trabajando gratis y mucho menos yendo a reuniones sociales.

—Si me niego, me expulsan. Y eso es lo último que quiero ahora.

Lancé un suspiro hondo, me sentía extraordinariamente molesta con él. No tenía por qué disimular mi enfado.

—Por si te interesa, me ha encantado lo que he hecho esta semana.

Acababa de dar el último planchado. No quedaba más que entregar el vestido a Marthe. Cogí la funda y, por vez primera, subí hasta la quinta planta. La puerta estaba abierta de par en par. Allí asistí a un ballet de floristas, camareros, sirvientes. Localicé al mayordomo.

—Disculpe, buenos días, señor...

—Jacques —me cortó.

—Eso es, Jacques, ¿está Marthe?

—No, pero yo la estaba esperando. Me ordenó hacerme cargo del vestido y decirle que un taxi la recogerá en su casa a las siete y media.

¡Iban a recogerme en taxi! Aquello era cada vez más alucinante. Cuando agarró la funda, me pareció como si me la arrancase de las manos.

—Tenga cuidado, es frágil, hay que colgarlo inmediatamente.

—Estoy acostumbrado, no se preocupe. ¡Hasta esta noche!

Me dio la espalda y vi cómo se alejaba mi vestido. Me había encariñado con él como una idiota, y no sabría hasta esa noche si le sentaría bien a Marthe. Ya me disponía a volver al taller cuando Jacques me llamó.

—¡Espere! Había olvidado entregarle esto.

Me tendió un sobre.

—¿Qué es?

—Sus honorarios.

Le devolví el sobre como si me quemase en los dedos.

—No lo quiero.

Se mostró visiblemente desconcertado ante mi rechazo. Bajé las escaleras a toda velocidad. Al llegar al taller me esperaba el comité de bienvenida: las chicas y Philippe. Este había tenido tiempo de repasar mi traje pantalón: los acabados eran impecables, ya podía volver a casa para prepararme.

Tenía muchas ganas de darme una ducha, a pesar de lo estrecha que era la cabina. Tras un mes de contorsiones diversas y variadas, ya conseguía entrar en ella sin riesgo de lumbago. Necesitaba que aquel momento me relajara, me sugiriera temas de conversación inteligentes. Tenía que haberme leído *Reuniones sociales para dummies*. Vacié la caldera de agua caliente, pero no logré sentirme mejor. Envuelta en una toalla, me apoyé en el lavabo —o más bien el lavamanos— y me miré en el espejo. Después de todo, había muchas cosas peores que ser invitada a una velada parisina. Yo, que no aguantaba siquiera las cenas de la pequeña burguesía de provincias, iba a estar bien servida. Pero ya puestos, mejor llegar hasta el final. No era algo que fuera a pasarme todos los días. Acabé de prepararme disfrutando de ello: me recogí el pelo en un moño bajo y me maquillé discretamente, realzando mis ojos verdes. Me puse el pantalón del traje. Era de mi talla, como estaba previsto, pero había hecho bien en saltarme la comida: su cintura plana no toleraba exceso alguno. La caída me llenó de satisfacción. Después, me puse el chaleco, que dejaba la espalda al aire. ¿En qué estaba pensando mientras lo diseñaba? Me habría gustado saberlo. ¡En mí no, eso seguro! Si hubiese sido el caso, habría cubierto mucha más piel y habría podido llevar sujetador. En lugar de eso, llevaba al descubierto toda la espalda, los hombros desnudos y el escote, subrayado por una cinta de satén azul oscuro, era muy pronunciado. Después de unos cuantos contoneos, conseguí abotonar la parte inferior de la espalda y abrochar el corchete detrás del cuello. Una vez encaramada a los zapatos de salón que había comprado a toda prisa —Pierre prefería las bailarinas—, me miré por fin al espejo. Me costó reconocerme, pero el resultado no estaba nada mal. En cambio, mi marido nunca me habría permitido salir así.

Al llegar a casa de Marthe, solo tenía una idea en mente: salir corriendo. Haría una breve aparición y me escaparía en cuanto pudiese. El famoso mayordomo me abrió la puerta y se encargó de mi chaqueta. Después me obsequió con una sonrisa alentadora y me invitó a seguirle por el pasillo. Este me pareció inmenso, interminable... El murmullo de las conversaciones llegó por fin a mis oídos, y mi escolta desapareció en el umbral de una sala de recepción.

Medio centenar de invitados conversaban, con una copa de champán en la mano; los camareros revoloteaban ofreciendo canapés y se escuchaba una melodía de jazz de fondo. La decoración del piso estaba a la altura de su propietaria: elegante y sobria. Cuadros de arte abstracto en las paredes, muebles de calidad sin florituras y pesadas cortinas oscuras en las ventanas. Ansiosa, busqué a Marthe con la mirada... La vi: llevaba mi vestido. Se me escapó un suspiro de alivio y la emoción hizo que mis ojos se llenaran de lágrimas. ¡Una mujer a la que admiraba lucía una de mis creaciones! Mi auténtica primera creación.

Marthe reparó en mi presencia y me hizo una señal para que me acercase a ella.

—Iris, querida —me dijo besándome en la mejilla—, tu vestido es magnífico, no esperaba menos de ti.

—Gracias.

Me agarró las manos, dio un paso atrás y me miró de la cabeza a los pies.

—Yo tenía razón, te sienta de maravilla, pero, por el amor de Dios, echa los hombros hacia atrás y mantente recta.

Me estiré sonriendo tímidamente.

—Así está mejor —me dijo—. Los hombres ya te están mirando.

Automáticamente, me volví a encoger.

—Iris —gruñó con suavidad—. Así es como las mujeres dirigen el mundo, yo te enseñaré a usar y a abusar de tu poder.

No estaba segura de desearlo. Me tomó del brazo y me fue presentando a sus amigas como una joven creadora, no como una estudiante del taller. Me sujetaba el codo de tal forma que me obligaba a mantenerme recta y participar en la conversación, en particular con ciertas mujeres que miraban con lupa los detalles de mi traje y de su vestido. No podía creer que estuviese recibiendo tantos cumplidos por mi trabajo. Debo confesar que el placer y el orgullo empezaron a ganar a la turbación. Y también cierta excitación, ya que todas ellas llevaban con estilo prendas firmadas por grandes nombres.

—Necesito algunas cosas para mi guardarropa —me dijo una conocida de Marthe—. ¿Tiene usted una tarjeta?

—Iris no tiene todavía —respondió Marthe en mi lugar—. Hable conmigo.

—No le quepa duda de que lo haré, confíe en mí —respondió la futura «clienta» mientras se alejaba.

Me volví hacia Marthe, que sonreía pensativa.

—Hablaremos de tu futuro la semana que viene. Disfruta de la velada. Toma una copa de champán, eso te relajará.

Por primera vez desde que había llegado, Marthe soltó mi brazo y me dejó sola.

Estuve bebiendo champán mientras hablaba con bastante fluidez con algunos invitados. La mayoría eran aficionados al arte contemporáneo. Por primera vez pensé que las repetidas ausencias de Pierre habían servido para algo: con el paso de los años me habían permitido devorar libros de arte y catálogos de exposiciones, aunque no las hubiera visitado. Yo, que temía parecer una paleta inculta, salí bien parada, y al final pasé un rato agradable. Mi mirada se cruzaba regularmente con la de Marthe. Ella solo dejaba que le sirviese Jacques y no bebía champán, sino ginebra con tónica. Su vigilancia no me incomodaba, al contrario, creo que hasta la apreciaba, y le sonreía. Todos los invitados parecían tenerle un profundo respeto, admiración, incluso verdadera devoción. Revoloteaban a su alrededor, suplicando una pizca de atención. Yo me daba cuenta de la suerte y el honor que suponía tener una estrecha relación con ella.

Instantes más tarde, Marthe vino a buscarme, deseaba presentarme al sucesor de su marido. Me llevó hasta el otro lado del salón.

—¡Gabriel! —llamó.

Esperaba encontrar a un viejo hombre de negocios, pero fue un hombre de apenas cuarenta años el que se acercó a nosotras. Lejos de estar encorvado, caminaba erguido y con aire despreocupado, vestido con traje y corbata oscuros, camisa de cuello italiano y gemelos en los puños, el gesto pícaro y un afeitado perfecto. En una palabra, el tipo de hombre al que una se queda mirando por la calle.

—Sí, Marthe —respondió sin dejar de mirarme a los ojos.

—Quería presentarte a Iris. Iris, este es Gabriel.

—Encantada —dije tendiéndole la mano.

La mantuvo unos segundos en la suya. Cuando me soltó, me sorprendí pensando que habría querido que la sostuviese más tiempo aún.

—La protegida de Marthe —respondió con voz rota—. Es un auténtico placer conocerte. Empezaba a pensar que Marthe fantaseaba sobre tu existencia, pero eres real.

Inclinó ligeramente la cabeza y sus ojos me recorrieron de arriba abajo.

—Espero que nos veamos a menudo —prosiguió.

—No vengas a distraer a Iris cuando trabaja —intervino Marthe.

—Nada más lejos de mi intención, simplemente podría ir a verla... coser.

Esbozó una sonrisa devastadora que me hizo enrojecer hasta el nacimiento del pelo.

—¿Desde cuándo te interesa la moda? —le preguntó Marthe con sequedad.

—Desde hace un minuto y cuarenta y cinco segundos.

Sonriendo, bajé la cabeza. Me hubiera gustado encontrar alguna palabra, algo que decir, cualquier cosa, pero me sentía confusa y nerviosa ante la sola presencia de aquel hombre.

—¿Iris? —me llamó.

Levanté tímidamente los ojos hacia él.

—¿Puedo ofrecerte una copa de champán?

—Pues...

—¡No! —decretó Marthe.

Me agarró de nuevo del brazo y me arrastró tras ella. No pude evitar volverme, Gabriel no dejaba de mirarme. Cuando nuestras miradas se cruzaron, me guiñó un ojo y volví a enrojecer. Sentí la mano de Marthe cerrarse sobre mi codo, lo que devolvió bruscamente mis pies a la tierra.

—Iris, si necesitas una prueba de tu *sex appeal,* ya la tienes. Sin embargo, desconfía de Gabriel.

—Pero... Marthe... Yo...

—Le quiero como a un hijo, pero es un seductor sin respeto por las mujeres y tú estás casada. Te lo digo por tu bien.

Esa mujer leía mi pensamiento como un libro abierto.

—No se preocupe —respondí.

Hasta el final de la velada, Marthe no se apartó de mí un instante. Yo sonreía a las personas que me presentaba y les escuchaba hablar.

Discretamente, busqué a Gabriel con la mirada. Fueron carcajadas femeninas las que me guiaron hasta él. Le rodeaban varias mujeres. Parecían moscas alrededor de la miel. Estaba incluso dispuesta a apostar que dos de ellas eran madre e hija. Todas reían estúpidamente sus chistes. Tenía una frase para cada una de ellas, les hablaba al oído, se ruborizaban de placer y parpadeaban. Las manos de Gabriel se paseaban sin cesar, pero, por lo que yo veía, nunca rebasaba el límite, se contentaba con excitar a su auditorio. Marthe tenía razón: era un mujeriego. Si ella no hubiese estado allí, habría sucumbido a sus encantos. Y eso que estaba casada, y quería a mi marido... Estaba inmersa en esas reflexiones cuando nuestras miradas se cruzaron. Sin dejar de mirarme, susurró unas palabras cómplices al oído de una de sus admiradoras.

—Es tarde —me dijo Marthe.

A mi pesar y con la sensación de que me había pillado, rompí la conexión visual con ese donjuán. Marthe me observaba.

—Hay taxis a la puerta del edificio, súbete a uno y vete a casa. Vuelve aquí el lunes por la tarde.

—Gracias, Marthe, por la velada..., por todo.

Sin soltarme el codo, se acercó a mí y me rozó la mejilla con sus labios.

—Has estado perfecta —me dijo al oído con su seductora voz.

Después me miró directamente a los ojos. Bajé la cabeza. Me soltó y volvió con sus invitados.

Fui directamente al vestíbulo para recuperar mi chaqueta. El encargado del guardarropa se disponía a ayudarme a ponérmela.

—Deje, ya lo hago yo.

Me volví. Gabriel estaba apoyado en el quicio de la puerta, con los brazos cruzados. Se hizo con mi chaqueta con autoridad mientras yo le miraba hacer, petrificada.

—¿Ya te vas? Apenas nos hemos conocido.

—La próxima vez... quizás.

Me dedicó una gran sonrisa y me ofreció la chaqueta. No tuve otra elección que dejarle hacer. Se tomó todo el tiempo del mundo para subirla hasta mis hombros.

—Déjame invitarte a cenar —me dijo al oído—. Solos tú y yo, sin esos viejos carcamales, y sobre todo sin Marthe.

Me volví hacia él, y no se movió ni un centímetro aunque nuestros cuerpos se rozaban. Tenía una sonrisa de auténtico *play-boy*.

—Muy amable, pero debo rehusar.

Inclinó la cabeza y frunció el ceño sin dejar de sonreír.

—Estoy casada.

¿Por qué tenía la desagradable impresión de que aquello era una excusa lamentable?

—¿Quién va a decirle a él que cenamos juntos? Yo no, sin duda. Una pequeña mentira de vez en cuando es excitante.

Le sonreí y le miré de reojo.

—La respuesta es no, lo siento. Buenas noches.

Me giré sobre mis talones para ocultar el sofoco, cada vez más intenso y visible. Pasó delante de mí y me abrió la puerta.

—Buenas noches, Iris.

A la mañana siguiente, subí al tren con la cabeza todavía en las nubes e impaciente por contarle a Pierre que mis creaciones habían sido un verdadero éxito. Me esperaba en el andén. Tras un rápido beso, me llevó hacia el coche.

—Te dejo en casa y me voy enseguida —me dijo una vez en marcha.

—¿Trabajas hoy?

—Creía que te había dicho que tenía guardia. Intentaré no volver muy tarde esta noche.

Permanecí en silencio para no echarle en cara mi decepción. En menos de diez minutos estuvimos en casa. Decidí no echar leña al fuego.

—Prepararé una cenita para los dos esta noche —propuse con una sonrisa en los labios.

—No te molestes, compraré algo por ahí. De todas formas, estoy agotado, no voy a aguantar mucho.

Me quité el cinturón de seguridad, me acerqué a él, le acaricié la mejilla y lo besé.

—Quería hacerme perdonar el no haber estado ayer por la noche.

—No hay nada que perdonar, no te preocupes. Mírame a mí, hoy trabajo. Tengo que irme.

A disgusto, me solté y salí del coche. Le miré una última vez, recogí mi bolso del asiento de atrás y entré en la casa.

Las ocho. Peinada, maquillada, vestida con ganas de gustar a mi marido. Encendí unas velas y puse música. Oí la llegada del coche de Pierre. Me senté en el sofá y agarré una revista. Entró y se fue directamente a la cocina.

—He traído comida china, ¿te parece bien?

—Claro —respondí—. ¿Qué tal el día?

—Voy a ducharme.

No pasó a verme y subió los escalones de cuatro en cuatro. Empezábamos bien...

Quince minutos más tarde, yo estaba en la cocina preparando los platos. Agucé el oído: había apagado la música y encendido la televisión.

—¿Necesitas ayuda? —me preguntó desde el salón.

—No, está bien, ¡creo que me las arreglaré!

Me uní a él y mi velada romántica se transformó en cena delante de la tele. Pierre zapeó un rato y se decidió por un estúpido *reality-show*. No le faltaban más que las pantuflas para completar el cuadro. Si hubiera llevado un pantalón de chándal y una camiseta vieja, habrían surtido el mismo efecto: acabó quedándose dormido. Su cabeza cayó sobre mi hombro. Yo tenía sentimientos encontrados. ¿Cómo reprocharle

que estuviese agotado después de una semana de trabajo en el hospital? Y, sin embargo, esperaba que se
ocupara un poco de mí, que me hiciese alguna pregunta. ¿Que se percatara de mi existencia? No sería ese fin
de semana. Mis pensamientos volaron hacia Gabriel;
sacudí la cabeza para alejarlos y desperté a Pierre para
ir a acostarnos.

5.

El lunes por la tarde, como Marthe me había pedido, subí a su casa después de clase. En el fondo resultaba más impresionante subir allí para una conversación privada que para una gran velada. Llamé y me abrió el mayordomo. Y, aunque ya había estado allí, tuve la impresión de descubrir un piso nuevo. El salón de recepción se había transformado en una sala de estar que me pareció desmesurada, los muebles habían vuelto a su sitio. Sin los invitados, la sobriedad y el orden eran más apabullantes. Tres colores dominaban la decoración: el negro, el rojo y el blanco. Las obras de arte reinaban en todo su esplendor, el bien y el mal parecían disputarse un lugar sobre los lienzos y en las formas de las esculturas. Marthe me recibió con una gran sonrisa en los labios y me invitó a sentarme. Jacques le sirvió un vaso de ginebra con una gota de tónica, su bebida fetiche, al parecer. Me ofreció un vaso de vino. No lo acepté. Nos dejó solas. Sobre la mesa baja, creí reconocer el sobre que había rehusado el día del cóctel.

—Iris, eso es tuyo. Y que no te vuelva a ver rechazar unos honorarios, ¿queda claro?

—Gracias —le respondí simplemente cogiéndolo.

—Ahora, vamos a hablar seriamente de tu futuro.

—No entiendo de qué quiere usted hablarme. Creo que ya se lo he dicho: después del curso me instalaré en mi casa...

Barrió mis proyectos con un gesto de la mano, cruzó las piernas y me miró fijamente.

—Escúchame sin interrumpirme.

Asentí con la cabeza.

—Hace más de un mes que estás aquí. He hecho balance con Philippe, está de acuerdo conmigo en que ya no tienes nada que aprender aquí, o tan poco...

—¡Eso no es verdad!

—¡Ya basta, Iris! Ser autodidacta no es una tara, ¡al contrario! Si supieras de dónde vengo yo...

—¿De dónde viene usted, Marthe?

Me salió sin pensar. Lamenté de inmediato mi pregunta.

—De la calle.

Me dejó tiempo para asimilar la información antes de proseguir.

—Pero no estamos aquí para hablar de mí. Otro día, quizás... No quiero oírte decir ni una vez más que no tienes talento. Es ridículo, y lo sabes.

—Usted es la primera que me ha dicho que valgo algo, no estoy segura de que...

—Trabajarás por cuenta propia como diseñadora, aquí mismo. Crearás tus propias colecciones. Te guiaré, tengo medios de sobra para apoyarte. Pongo a tu disposición una de las habitaciones en el piso del *atelier*. Philippe estará siempre a tu lado para respaldarte si lo necesitas. Tengo muchos contactos. Todas las mujeres, sin olvidar a los hombres, se fijaron en ti y en tu trabajo la otra noche.

—Me siento extremadamente halagada por su interés. Lo que me ofrece es un sueño, pero no puedo aceptarlo.

Se levantó y empezó a deambular graciosamente por la habitación. Su mano acarició el respaldo del sofá de un lado a otro. Hipnotizada por su aura, la seguí con la mirada.

—¿Crees sinceramente que vas a sentirte realizada subiendo dobladillos y cosiendo faldas rectas para ancianas toda la vida?

Acababa de dejarme sin palabras.

—Si lo rechazas, no hace falta que sigas en el *atelier,* perderás tu tiempo, y yo el mío.

—¿Me está echando?

—No tienes más que decir una palabra, querida.

—¿Qué gana usted con este asunto?

Se acercó a mí, fui incapaz de sostener su mirada.

—Me gustas, Iris. Dame ese gusto, piénsatelo.

¿Qué podía responder? Debía ya tanto a esa mujer... Lo mínimo era sopesar los pros y los contras, y no me costaba gran cosa hablarlo con Pierre, como mucho una simple riña, otra más. Al menos lo habría intentado. Al menos rozaría con la punta de los dedos mi sueño inaccesible. No a todo el mundo se le concedía flirtear con la excelencia, podía aprovecharme unas semanas, hacer como si fuera otra persona. Levanté la cabeza hacia ella, y entonces se oyó la puerta.

—¿Marthe? ¿Estás lista? —exclamó una voz masculina.

Era Gabriel. Me había olvidado de él y de su encanto. El rostro de Marthe se crispó imperceptiblemente. Después esbozó una gran sonrisa y se volvió hacia la entrada del salón.

—Gabriel, cariño, tan puntual como siempre.

—Me has educado... bien —le respondió mientras se fijaba en mi presencia—. Iris, ¡qué sorpresa!

—Buenas tardes, Gabriel —dije levantándome.

La mirada que me lanzó Marthe me animó a ofrecerle la mano, y no la mejilla. Dibujó una media sonrisa. Después nos observó a las dos.

—¿Qué estabais tramando?

—Le he hecho una propuesta a Iris —respondió Marthe—. Quiero ayudarla para que pueda diseñar.

—La generosidad de Marthe no tiene límites en lo que respecta al arte —me dijo antes de volverse hacia ella—. Ve a prepararte, vamos a llegar tarde. Así que deja que Iris me explique en qué consiste vuestra asociación.

Fue a sentarse en un sillón y apoyó la cabeza sobre una de sus manos mientras nos miraba. Marthe avanzó lentamente hacia él y se inclinó para murmurarle algo al oído. En ningún momento Gabriel dejó de sonreír y de mirarme. Marthe salió de la habitación.

—Bueno, cuéntamelo todo. ¿Qué espera ella de ti?

—Quiere que me establezca por mi cuenta —le respondí sin pensar demasiado.

Suspiré y me hundí en el sofá. Al escuchar la risa de Gabriel, volví a incorporarme y fruncí el ceño.

—¿Qué tiene de gracioso?

—Estás muy guapa cuando te enfurruñas.

El seductor había vuelto.

—En serio, Iris, ¿qué te molesta del hecho de que Marthe quiera ayudarte? Al parecer posees un don. ¿No tienes ambición?

Me eché las manos a la cabeza. Incapaz de permanecer quieta, me levanté y fui a mirar por la ventana. Gabriel vino a colocarse detrás de mí. Ya no era la propuesta de Marthe la que me hacía temblar. Ya iban dos veces seguidas que no podía controlar mis emociones en presencia de aquel hombre.

—¿Qué te detiene? —me preguntó.

—¿Tú qué crees? —respondí, volviéndome hacia él.

—Soy un poco corto, hay que explicarme las cosas.

Me reí y preferí alejarme.

—No quiero decepcionar a Marthe.

—Créeme, la conozco, es tu rechazo lo que la va a decepcionar. Aprovéchalo, lánzate. No importa si fracasas.

—Lo que todo el mundo parece olvidar es que solo estoy aquí por seis meses. Después me vuelvo a mi casa.

—¿Y dónde está tu casa?

—Con mi marido.

—Siempre tiendo a olvidar ese tipo de detalles.

Me entraron ganas de reír y levanté los ojos a lo alto.

—Pueden pasar muchas cosas en seis meses —prosiguió Gabriel acercándose a mí—. Cena conmigo, Iris.

—No, no puedo.

Nos miramos. Él sonreía, y yo respiraba más deprisa.

—¿Te doy miedo?

—¿Y por qué habrías de darle miedo? —intervino Marthe.

—No me dirás que no eternamente —susurró.

Y después se aproximó a Marthe y la besó en la mejilla.

—Magnífica, como siempre —le dijo—. No te preocupes, he obrado en tu favor. Intentaba convencer a Iris para que aceptase tu oferta. Me decía que iba a hablar con su marido antes de darte una respuesta.

Me pareció que se enfrentaban con la mirada. Después vi el esbozo de una sonrisa en el rostro de Marthe.

—Todas tus amantes podrían componer la clientela de Iris.

Gabriel se echó a reír. Marthe se dirigió a mí, con expresión seria.

—Tienes una semana para decidirte, querida.

—Marthe..., yo...

Un simple movimiento de cejas me hizo callar. Recogí mi bolso y mi abrigo.

—Adiós —murmuré.

Antes de salir, no pude evitar mirar atrás. Me observaban. Marthe con semblante serio, Gabriel con mirada de depredador. Cada uno en su estilo. Aceleré el movimiento para salir lo más deprisa posible de aquel piso.

No me quedaban más que dos días para dar una respuesta a Marthe. Seguía sin contárselo a Pierre. Evidentemente.

Ese sábado por la noche teníamos visita. Tras haber hecho de cocinera todo el día, me sumergí en un buen baño. Me maceré en el agua más de media hora, mientras pensaba en mi táctica de acercamiento. ¿Qué argumentos podía ofrecer a Pierre para que tuviese en cuenta la propuesta de Marthe? Era el momento de intentarlo: estaba relajado, contento de tener gente en casa. Todo estaba listo. Salvo yo, que seguía sin saber qué iba a ponerme, era el colmo. Salí de la bañera, me sequé y me puse la lencería de encaje negro antes de colocarme delante del vestidor. Me decidí por el vestido que había desencadenado el estallido familiar. Pensé también en mi traje, que me había traído sin saber muy bien por qué. Imposible llevarlo aquí. Sin embargo, con Pierre de buen humor, era la ocasión de mostrarle mi trabajo.

—Pierre, ¿puedes subir, por favor? —grité.

—¿Qué pasa? —me preguntó entrando en el dormitorio—. ¿Qué estás haciendo? ¿Todavía no estás lista?

—Sí, no te preocupes, solo tengo que vestirme. Necesito enseñarte algo.

—Oye, ahora no tenemos tiempo. Van a llegar enseguida.

—Concédeme dos minutos.

Me acerqué a él y me deslicé entre sus brazos. Puso las manos sobre mí, no tenía elección. Y eso me recordaba el tacto de su piel contra la mía.

—Por favor...

Suspiró.

—Vale, ¿qué quieres que vea?

—Mi traje. Ya sabes, ese que diseñé y que tanto gustó a Marthe.

Frunció el ceño, me miró y me soltó.

—¿Qué estás tramando, Iris?

Debía elegir las palabras con cuidado para que no se asustara.

—A Marthe le gustaría que durante mi formación me dedicase a confeccionar mis propios modelos.

—¿Y de qué te serviría eso? Según las últimas noticias, no tenemos intención de mudarnos a París.

—No te estoy pidiendo eso, no te preocupes. Es solo una gran oportunidad.

—No sabía que querías ser diseñadora.

—Me ha dicho que tengo talento. Por eso quería enseñarte mi traje. No lo tenía planeado, te lo prometo. Pero Marthe cree en mí, algunas de sus amigas quieren ya hacerme pedidos. Y Gabriel me ha dicho que lamentaría dejar pasar una ocasión así.

Suspiró.

—Venga, vale.

—Gracias.

Tenía el tiempo justo. Me precipité hacia el cuarto de baño.

—¿Quién es ese Gabriel?

Me sentí acalorada de golpe. Una idea germinó en mi cabecita.

—¿No te he hablado de Gabriel? Es él quien dirige las sociedades de inversión del primer piso. Un auténtico seductor.

—¿Un anciano atractivo?

—No, te equivocas, tiene unos pocos años más que nosotros. Es muy simpático —*encantador*—, y parece tener mucho sentido del humor —*sobre todo cuando se trata de ti...*

—¿Estás terminando?

—Sí, casi. ¿Te molestaría si fuera a cenar con él? Me ha invitado...

—¿Y por qué tendría que molestarme? ¿Sales o no?

Cuando salí del cuarto de baño, Pierre palideció y me miró de arriba abajo. Di una vuelta completa.

—¿Y bien?

—Bueno, ya sabes, yo y la moda...

—Venga..., ¿estoy guapa, por lo menos?

—No más que de costumbre, y de hecho no es tu estilo..., no me imagino cuándo tendrías la ocasión de ponerte algo así, sobre todo si trabajas en casa. Nadie querrá comprar eso, no puede llevarse por la calle.

—Pero...

Sonó el timbre.

—Ya están aquí —me dijo Pierre—. Cámbiate deprisa.

—¡Espera!

—¿Qué?

—Tengo que responder a Marthe el lunes...
Se encogió de hombros.

—No sé, no veo el interés... Piensa bien de qué
te puede servir..., en mi opinión no para gran cosa.

Salió del dormitorio. Le oí bajar rápidamente
la escalera y recibir a los invitados. Mis ojos se llenaron de lágrimas, alcé la mirada para intentar conte-
nerlas y respiré hondo. Tenía el mérito de haber sido
claro: Pierre no veía en absoluto la oportunidad que
representaba la propuesta de Marthe. En cuanto a la
sombra de celos que pensaba despertar evocando
a Gabriel..., ni siquiera se le pasaba por la mente que
pudiese gustarle a un hombre —habría que pregun-
tarse si todavía le gustaba a él—, ni tampoco que yo
pudiera sentirme atraída por otro.

Mi última jornada en el taller llegaba a su fin.
Me disponía a acudir al despacho de Marthe para
anunciarle que lo dejaba. Lo había pensado, no lo
conseguiría sin el apoyo de Pierre. Había estado bien
soñar durante unos días. Llamé a su puerta.

—Entre —dijo ella con su turbadora voz.
Estaba sentada detrás de su mesa, ojeando documentos.

—Buenas tardes, Marthe.

—Te esperaba. Tienes citas mañana para tomar
medidas. Ya tenemos pedidos y son urgentes.

Muda, me quedé muda.

—Tienes que coger ritmo rápidamente, es
una garantía de confianza y calidad para tus clientes.
Después, trabajarás para mí, quiero renovar mi armario con tus creaciones. ¿No vas a decir nada?

Me miró de arriba abajo.

—¿Cuál es el problema?

—Mi marido.

—Explícamelo.

—No está interesado en su propuesta.

—¿Se ha convertido en costurero este fin de semana?

—Lo preferiría.

—Dime, ¿es él quien decide en tu lugar? ¿Eres de ese tipo de mujeres, sometida a su marido?

—No... Yo... me he expresado mal, de hecho, él... no ve el beneficio de dedicarse a esto unos pocos meses, y creo que...

—¿Qué?

—Que no me toma en serio con la costura.

—Demuéstrale lo contrario. Trabaja. Existe por y para ti misma. Tu éxito le hará comprender hasta qué punto tiene la suerte de estar a tu lado y, como por arte de magia, le resultarás interesante. Eso es lo que esperas de él, ¿me equivoco?

Asentí.

—Entonces, ¿qué decides?

Atrapó mi mirada; imposible escapar a ella. ¿Cómo, en tan poco tiempo, había logrado esa mujer ejercer tanta influencia sobre mí? Marthe era fascinante, turbadora, quería aprender de ella, quería aprovechar su experiencia de mujer, quería que fuese mi guía. Tenía una suerte increíble por haberla conocido y que confiase en mí. Pierre no podía entenderlo, no por ahora. Pero yo sí comprendía, y no podía dejar pasar esa oportunidad, aunque fuesen unos meses. Al menos, lo habría vivido.

—Me decía que tenía citas mañana. ¿Puedo saber más sobre los pedidos?

Se levantó y se acercó a mí.

—Querida... ¡Vamos a hacer grandes cosas las dos!

Por primera vez, percibí la emoción en su voz. De pronto, los rasgos de su rostro se tensaron y arrugó los ojos.

—Tengo que subir. Ven luego a cenar, querida.

Me sonrió y salió precipitadamente del despacho, dejándome sola para digerir la magnitud de mi decisión, y un poco desestabilizada por su repentina partida.

Volví al taller, donde pronto recibiría a mis clientas. *¡Mis clientas!* Se presentarían aquí mujeres en busca de mis creaciones, de mi *savoir faire*. Marthe creía en mí. Nunca me había atrevido a soñar con semejante cambio en mi vida. El destino, el azar habían puesto en mi camino a una mujer excepcional, que había visto en mí aquello que nadie había percibido, lo que ni mis padres ni el mismo Pierre habían querido aceptar. Junto a Marthe iba a poder expresar mi auténtica personalidad, encontrar mi propia voz. Marthe parecía conocerme mejor que yo misma. Me desconcertaba, pero a la vez me fascinaba.

Esa tarde, todavía llena de felicidad y excitación, retoqué mi maquillaje antes de dirigirme a la quinta planta. Jacques me abrió, con expresión seria.

—Buenas tardes —le dije—. Me esperan...

—Buenas tardes, Iris. Sí, lo sé..., pero... ella... Marthe sufre un ataque de migraña...

—En ese caso me voy, debe descansar.

—¡Ni hablar! Quiere pasar la velada con usted, no será ninguna molestia. Puede esperarla en el salón. Entre.

Jacques se apartó y me siguió hasta el salón. Me ofreció algo de beber y yo lo rechacé. Se disponía a dejar la habitación, pero cambió de opinión y se volvió hacia mí.

—He creído comprender que va usted a trabajar para Marthe.

—¡Sí! —exclamé, con una gran sonrisa en los labios.

—Estaremos obligados a vernos con frecuencia, no dude en llamarme para lo que sea. ¿De acuerdo?

—Eh... Se lo prometo..., lo recordaré.

—No debería tardar.

Le di las gracias y me dejó sola. Me puse a deambular por la estancia. Estaba admirando una escultura —un desnudo de mujer en una postura impúdica— cuando una foto enmarcada colocada sobre una cómoda atrajo mi atención. Era un retrato en blanco y negro; la modelo no era otra que Marthe, con unos treinta años menos. Una foto profesional: la iluminación, muy cuidada, y los contrastes de luz y sombra denotaban la mano de un gran fotógrafo. Se la adivinaba desnuda bajo el velo blanco que la cubría. La edad no había estropeado su belleza, pero más joven desprendía un magnetismo animal y una poderosa sensualidad. Ningún hombre debía de resistírsele. Su porte altivo, orgulloso, arrogante, le confería el aire de tener el mundo a sus pies, contemplándolo desde lo alto.

—Es la sesión que supuso el final de mi carrera —dijo Marthe, a la que no había oído entrar, a mi espalda.

Me volví hacia ella y me sorprendió la fatiga extrema que se leía en su rostro. En apenas media hora, bajo sus ojos habían aparecido las ojeras, y en sus rasgos se dibujaba la marca del dolor.

—Si no se siente bien, puedo marcharme.

—No, querida, quédate conmigo.

Me quitó el marco de las manos y lo devolvió a su sitio antes de ir a sentarse en el sofá. Cogió un tubo de comprimidos de una mesita y se tragó uno. Me senté frente a ella y me disculpé por haber tocado su foto.

—No te lo reprocho —me respondió con una sonrisa enigmática.

—¿Era usted modelo?

—No sabía hacer nada de nada, pero tenía un cerebro y una imagen. Así que utilicé mi cuerpo para salir de la calle y ascender en la escala social. Así nació mi pasión por la moda, los tejidos, la costura, el trabajo detrás de todo ello. Desfilé para los más grandes e hice de modelo para muchos pintores y escultores.

Mis ojos se posaron sobre el desnudo que había observado antes.

—Soy yo —respondió a mi muda pregunta—. Pero no soportaba que me tomasen por tonta. Fui inmediatamente conocida por mis encantos, pero también por mi astucia. Nunca sentí miedo de nada, ni de nadie. Mi mayor placer era aplastar a un hombre que, con el pretexto de meterme en su cama, se comportaba como un patán.

—Me estaba diciendo que esa foto marcó el fin de su carrera. Sin embargo, todavía era usted joven...

—¡Precisamente! Quise dejar la profesión en la cima de la gloria. Ni hablar de marchitarme entre niñatas. Y además tenía lo que quería. Mis relaciones estaban formadas exclusivamente por artistas de renombre y hombres de negocios. Tenía todo lo que necesitaba para conseguir mi objetivo. No me quedaba más que reunir los fondos necesarios.

—¿Para el *atelier*?

—Sí, querida. Quería crear un lugar para jóvenes que tuviesen oro en las manos pero a las que nadie ayudaba y para las que las palabras clave fuesen excelencia, rigor y trabajo. Mi sueño se ha cumplido contigo. Desde la inauguración esperaba el día en que una auténtica artista franqueara el umbral del taller. Con mis relaciones, podría colocarte en las mejores casas, como todos los que han estado entre estas paredes... Pero te quiero para mí. Vales más que esa vertiente comercial y vulgar que hace cada día más estragos en la moda. Te convertirás en una gran creadora. Eres una perla rara, y debes continuar siéndolo.

—Marthe, no ponga demasiadas ilusiones en mí.

¿Tenía ella claro que un día volvería a mi casa?

—¿Qué te he dicho, Iris?

Su mirada se oscureció.

—Perdóneme... ¿Cómo consiguió poner en pie el *atelier*?

Sonrió, satisfecha por mi docilidad.

—Conocía a Jules de oídas. Era el mejor, un tiburón de las finanzas. Quería poner mi dinero en buenas manos. Me presenté en el primer piso de este edificio... sin que me hubieran invitado. Jules se negó a recibirme, no tenía cita. Por primera vez en mi vida escuchaba un no. No volvió a hacerlo. Y, para hacerse perdonar esa afrenta, me ofreció el *atelier* y no volvimos a separarnos.

Una sola palabra me vino a la mente para describir a Marthe: inspiradora.

Llamé a Pierre por la noche.

—¡Qué tarde llamas! ¿Dónde estabas?

—En casa de Marthe, he cenado con ella.

—¿Estuvo bien?

—Sería más justo decir interesante, motivador, apasionante.

—¿Por qué?

—¡Si tú supieras! Me ha contado su vida, es... extraordinaria, y tan fascinante, tan inteligente. Ni te imaginas... Por mi parte, le he dicho que sí. Me tiro a la piscina, no tenía elección, ya tengo pedidos. ¿Te das cuenta?

—No del todo. Bueno, no te lo creas demasiado, no va a durar mucho tiempo. ¿Recuerdas lo convenido? ¿Nuestros proyectos después de tu formación?

—No te preocupes, no lo he olvidado.

—Digamos que será una experiencia. Pero, por favor, cariño, trata de no darle vueltas a la cabeza por culpa de esa mujer. Ten cuidado, esas compañías me preocupan.

—Pierre, estate tranquilo, no tiene nada que ver con sexo, drogas y rock and roll.

Bostezó ruidosamente.

—Intentaré creerte... He tenido un día muy duro, voy a acostarme. Llámame más pronto mañana.

—Un... un beso.

—Vale. Buenas noches.

6.

Habían pasado dos semanas desde que había aceptado la propuesta de Marthe. Dos semanas en las que no había hecho más que trabajar. Su mayor deseo era que me consagrase por completo al diseño y la costura, así que ella se encargaba del lado financiero y del trato con los clientes. Con su beneplácito, permanecí en el taller, no quería aislarme arriba, como me había propuesto. Durante la jornada trabajaba entre el alegre murmullo de las chicas y comía con ellas. También me apoyaba a menudo en Philippe. En cuanto podía, le pedía que me ayudase con algunas tareas, en especial las incrustaciones de perlas, plumas y otros adornos. Al final de la tarde, sin embargo, prefería la calma, buscando la perfección por todos los medios. Cada vez dejaba el taller más tarde. Me colocaba los cascos y ponía en marcha mi lista de canciones del momento. Así, encerrada en mi burbuja, me sentía bien, a veces hasta me olvidaba de cenar, y en muchas ocasiones eran necesarios una llamada o un mensaje de Pierre para recordar que había llegado la hora de acostarme.

Así fue aquella noche. Eran casi las diez y seguía al pie de mi máquina de coser, animada por la cantante de los K's Choice y su «Not an Addict». De pronto, tuve la sensación de que me observaban.

—¿Hay alguien ahí? —exclamé retirando uno de los cascos.

—¿Marthe se ha vuelto tan explotadora que te obliga a trabajar hasta estas horas? —me preguntó la inconfundible voz de Gabriel.

—¿Qué estás haciendo aquí? —respondí levantándome y apagando la música.

Salió de la oscuridad y dio algunos pasos hacia mí.

—Todas las noches escucho el ruido de tu máquina de coser, y después el de tus pasos sobre el parqué cuando te vas. Esta noche no me he podido resistir...

Sus ojos me recorrieron de la cabeza a los pies.

—Perdona el ruido, casi he terminado. No te molestaré mucho más.

Volví a sentarme e intenté retomar el hilo de mi trabajo. Sentí cómo se acercaba a mí y asomaba la cabeza por encima de mi hombro. Su perfume —Eau Sauvage, claro— invadió mi nariz.

—No tienes por qué disculparte, me gusta saber que estás en el piso de arriba. ¿Has cenado ya?

—No.

Tendría que haber dicho que sí.

—Yo tampoco. Y, qué casualidad, me van a traer comida al despacho en menos de un cuarto de hora.

—No me gustaría privarte de tu cena.

—He pedido para dos.

Me volví hacia él, me miraba fijamente.

—¿Siempre tienes respuesta para todo?

—La mayoría de las veces, sí. Cierra el *atelier* y acompáñame.

Se dirigió a la salida.

—¡Gabriel! Voy a volver a casa, te lo agradezco pero...

—Vamos a cenar, eso es todo. No busques más allá, ¿de acuerdo?

—Está bien —me rendí.

Salió, y me hundí en la silla. Iba a estar a solas con Gabriel, y eso era peligroso para mi paz interior. Agarré el teléfono y envié un mensaje de texto a Pierre: «Acabo de terminar de trabajar, como algo con Gabriel y a casa, buenas noches, hasta mañana, un beso fuerte». La respuesta llegó casi de inmediato: «Que aproveche, ten cuidado a la vuelta en metro, de guardia mañana noche, llama durante el día». Para hacer tiempo antes de bajar, di una vuelta al taller, apagué las luces y mi máquina de coser, me miré un momento en un espejo y me abstuve de retocar el maquillaje. Estaba claro que no me quedaba nada más que hacer. Recogí el bolso, el abrigo, y cerré la puerta prometiéndome una cena breve. Bajé febrilmente los escalones hasta el primero. La puerta se abrió automáticamente. Entré en el piso y me quedé plantada en la entrada. Esta daba acceso a varios despachos, separados por tabiques acristalados y sin más luz que la de los salvapantallas de los ordenadores.

—Ven —me dijo Gabriel desde el fondo del pasillo.

Avancé hacia su cubil y me quedé paralizada en el umbral. Con una media sonrisa en los labios, Gabriel servía vino en copas. Los cubiertos estaban dispuestos sobre una mesa de reuniones, y había velas encendidas entre los platos. El menú era una bandeja de un *traiteur* de lujo del barrio. Tuve la sensación de haber caído en una trampa. Gabriel dejó la botella y se me acercó.

—Siéntate.

Esquivé su mano, que se disponía a posarse sobre la curva de mis caderas. Me senté y di un repaso a la estancia. El despacho de Gabriel estaba repleto de carpetas y papeleo que amenazaban con derrumbarse en cualquier momento. Varias pantallas, sin sonido, difundían continuamente valores de bolsa y noticias. Se sentó frente a mí y me hizo una seña para que comiese. Por su parte, comenzó a cenar sin decir palabra y sin dejar de mirarme. De vez en cuando sonreía, en realidad no a mí, sino más bien al eco de lo que debía de estar pasándole por la cabeza. Yo no quería saber de qué se trataba.

—Marthe está encantada de que hayas aceptado su propuesta —me dijo al terminar su plato—. ¿Y tú? ¿No te arrepientes?

—No, en serio, por primera vez en mi vida estoy haciendo lo que me gusta. Bueno..., no puede decirse que Marthe me haya dejado elección.

Se echó a reír.

—Así es ella.

—¿La conoces desde hace mucho?

Bebió un sorbo de vino.

—Veinte años.

—¿Cómo les conociste a ella y a su marido?

—Intentando robar el coche de Jules —me respondió con toda la naturalidad del mundo.

—¿Cómo?

Arqueó una ceja.

—¿Te apetece conocer mis secretitos?

—Tú eras el que quería que nos conociéramos, ¿no?

Adoptó una expresión de triunfo, se aflojó la corbata y soltó el botón del cuello de su camisa.

—Vale, empezamos. Con dieciocho años, ya estaba hecho un pequeño mafioso. Mi padre me echó de casa en cuanto fui mayor de edad.

—¿Por qué?

—Estaba harto de mí, y con razón. Me metía en líos allá por donde iba y no hacía nada en el colegio. Pero yo quería algo más que acabar de obrero en una fábrica. Así que iba de barullo en barullo. Vine a París, hice algunos amigos, vivía aquí y allá e iba tirando con apaños poco legales. Mi labia me labró una sólida reputación.

—¿Y por qué no me extraña nada?

—En aquella época, era más bien un charlatán, eso fue lo que se encontró Jules. Un día quise expandir mi territorio, me metí en los barrios ricos para divertirme y vi el Jaguar. Me estaba llamando a gritos. Iba a forzar la cerradura cuando alguien me tiró de la oreja como a un crío. Era Jules. No me lo pude camelar ni con toda mi verborrea. Me dio a elegir: o me iba con él, o a comisaría. Nunca volví a salir de casa de Jules y Marthe. Y ahora dirijo sus negocios.

—Espera, ¡hay un gran salto entre robar un coche y ser el jefe de todo esto! —le dije señalando su despacho con un gesto.

—Sería que era un encanto de chico, o que daba pena.

Su aire de santurrón me divirtió.

—En realidad ellos no tuvieron hijos debido a sus veinte años de diferencia —prosiguió—. Tenían ganas de tener a un jovencito en casa.

—¿Y Marthe? ¿Qué papel jugó contigo, el de madre?

—Ella es lo más parecido que tengo a una familia. Pero ya hemos hablado bastante de mí. ¡Tu turno!

Se acomodó en la silla, cruzó las manos y apoyó en ellas el mentón.

—¿Qué quieres que te cuente?

—¿Tu marido sabe que estás conmigo?

—Sí.

—¿Y no le supone ningún problema?

—No.

—Eso es porque no me conoce —me dijo con una sonrisa carnívora en los labios.

—Pretencioso.

—Realista, sé reconocer a una mujer hermosa y, en general, no me resisto.

Sus ojos recorrieron mi rostro, mi cuello, mi escote.

—Y tu marido..., ¿cómo dices que se llama?

—Pierre.

—Pierre. No debe de mirarte muy a menudo, en caso contrario te habría atado corto para que ningún hombre digno de ese nombre se acercara a ti.

Sentí un cosquilleo en la piel, y aunque había conseguido relajarme, no me gustaba el giro que estaba tomando la conversación, demasiado tendenciosa, demasiado arriesgada. Me gustaba la idea de atraerle. Con gesto mecánico, me arreglé el pelo.

—Gracias por la cena, ya es hora de volver a casa.

Mientras apagaba las velas de un soplo, clavó sus ojos en los míos.

—Me has leído el pensamiento, vámonos a la cama.

—¿Nunca te rindes? —exclamé levantándome.

—Espera, yo me voy también. Te llevo.

—No te molestes, iré en metro.

—¿Estás de broma? Te llevo a casa.

Abrió un armario y sacó dos cascos.

—Ni hablar, yo no me subo a una moto.

—¿Por qué?

—¡Porque me da miedo!

Se acercó a mí, di un paso atrás y me golpeé contra la puerta.

—¿Qué te da miedo, la moto o yo?

«Tú», pensé. Tanteé a mi espalda buscando el pomo y conseguí abrir la puerta.

—La moto —respondí mientras corría hacia el pasillo.

Se rio y me siguió. En el descansillo, decidí bajar por la escalera. Ni hablar de encontrarme junto a él en un espacio tan exiguo como el ascensor. Al salir del edificio, me fijé en su moto. Negra, de gran cilindrada. No me había subido jamás a una máquina así. Gabriel inclinó la cabeza hacia mí.

—¿No te decides?

—No, gracias de nuevo por la velada. Hasta pronto.

Sonreí y me dirigí a la boca de metro. Caminaba repitiéndome: «No te vuelvas, no te vuelvas». Antes de bajar las escaleras, me rendí. Gabriel no dejaba de mirarme. Sacudí la cabeza y me zambullí en los pasillos subterráneos. A lo lejos oí el rugido de una moto.

En el vagón, sentada en un asiento abatible, la cabeza apoyada en la ventanilla, me prometí permanecer lo más lejos posible de Gabriel. ¿Cómo había adivinado con tanta precisión la actitud de Pierre? ¿Por qué tenía que ser tan atractivo, con ese aire galante y a la vez peligroso, y su aura de chico malo? Perdida en mis pensamientos, estuve a punto de pasarme de parada.

Me invadió el frío cuando salí a la superficie, y aceleré el paso para llegar a mi casa lo más rápidamente posible. El ronroneo de un motor atrajo de pronto mi atención; volví la cabeza y reconocí la moto de Gabriel, que me seguía lentamente. ¿Cómo demonios me había encontrado? Se fue a toda velocidad una vez cerré el portal del edificio. Estaba claro que debía evitar el menor contacto con aquel hombre. Y, sin embargo, no pude evitar dormirme pensando en él.

A la mañana siguiente, al entrar en el recibidor del edificio del taller, me di de bruces con Gabriel, que salía al mismo tiempo.

—¡Llega la mañana y ella cae en mis brazos!

—Buenos días —respondí con una amplia sonrisa a mi pesar.

—¿Has dormido bien?

—Sí. Gracias por la escolta de anoche.

—La próxima vez, irás detrás de mí.

Suspiré.

—No habrá próxima vez.

—Te da miedo no poder resistirte.

Le fulminé suavemente con la mirada.

—Me encantan los desafíos, Iris. Y nunca desisto.

Se acercó a mí y me besó en la mejilla mientras rozaba mis caderas con la mano. Me dije a mí misma que quería más.

—Me gusta tu perfume —susurró—. Hasta muy pronto.

Se fue y entré precipitadamente. Por suerte, el ascensor estaba disponible. Me encerré dentro y me observé en el espejo. Tenía las mejillas rojas y los ojos brillantes, y no se debía al intenso frío de esa mañana. ¿Por qué me pasaba eso? ¿Cómo había podido pensar así? Debía ser razonable, guardar una distancia prudencial con él; despertaba en mí algo que me sobrepasaba. Sentía ganas de gustarle, de seducirle, de adivinar el deseo en la mirada de un hombre. En la de ese hombre, más concretamente. Pero yo tenía a Pierre, lo amaba, no podía derrumbarme por la presencia de otro, por muy seductor que fuese.

Durante las dos semanas siguientes trabajé a un ritmo infernal. Mi teléfono no dejaba de sonar y los pedidos se acumulaban. Descubrí la adicción al trabajo. Pierre asistía de lejos a mi esplendor profesional, sin hacer comentarios. Marthe me ayudaba a elegir mi vestuario. Si quería vender mis diseños, yo misma debía lucir impecable y ultrafemenina en mis propios trajes. En el fondo, no me transformó en una esclava de la moda, sino que me modeló a su imagen. Aquello me venía bien y me halagaba.

Mi clientela estaba compuesta por dos tipos de mujeres: los contactos de Marthe y las amantes de Gabriel. Las primeras, con una clase tremenda, buscaban atuendos en la línea del nuevo guardarropa de Marthe. En cuanto a las segundas, deseaban sobre todo que su amante les quitase la ropa lo más rápidamente posible, así que poco importaba el modelo. A pesar de su tendencia a mostrar sus cuerpos y acortar las faldas, yo no cedía a la vulgaridad: sugerir en vez de exhibir. Cada vez que hablaba con una de ellas por teléfono, me preguntaba cómo mujeres a primera vista tan distinguidas podían empezar a cloquear desde el instante en que se pronunciaba el nombre de Gabriel. La primera vez que me oí hacerlo a mí misma, dejé de preguntármelo. Me cruzaba con él casi todos los días. Yo estaba a la espera de esos encuentros furtivos y a la vez los temía. Evidentemente, él siempre encontraba la manera de soltar una indirecta, o un halago, acompañados en cada ocasión por una sonrisa encantadora.

Una tarde, Marthe quiso que la acompañase a la presentación de un artista al que apoyaba. Me arreglé en el *atelier*, donde ella me recogería. Mientras la esperaba, aproveché para llamar a Pierre.

—¿Qué tal? —me preguntó.

—Bien. ¿No te gustaría venir a París? Hace dos meses que estoy aquí y todavía no has hecho ninguna escapada.

—Me da pereza.

—Por favor, estaría muy bien. Podríamos pasear, callejear, estar a solas los dos... sin hacer nada.

—Mira, he tenido una semana horrorosa, así que la idea de meterme en un atasco el viernes por la tarde... No, de verdad, no tengo valor.

—Podrías hacer un esfuerzo. No sé, ¿no tienes la impresión de que ya no hacemos nada juntos? Eso te permitiría olvidarte del trabajo, te daría ganas de... de...

—¿De qué, Iris?

Apreté los puños.

—De...

—No, mejor no respondas, ni hablar de tener esta conversación.

—Siempre igual, te niegas a hablar. ¡Como si fuera tabú!

—Y tú siempre ves problemas donde no los hay. Estoy harto de toda la presión a la que me sometes.

—¿Qué presión? Solo deseo estar contigo, sentir que me quieres y demostrarte que te quiero. ¡No te estoy pidiendo la luna!

—Tienes que madurar un poco, ya no somos una pareja joven. Lees demasiadas novelas rosas. Tengo un trabajo que requiere mucha energía y no me permite prolongar la juerga. Y piensa una cosa: ¡lo hago por nosotros!

—No comprendes nada —suspiré.

Oí que Marthe me llamaba.

—Tengo que irme, Pierre. Buenas noches.

—Buenas noches.

Colgó. Me quedé mirando el móvil unos segundos antes de devolverlo al bolso. Volví a suspirar, estaba agotada. Marthe me llamó de nuevo, y bajé a reunirme con ella.

La inauguración, en una galería en el corazón de Saint-Germain-des-Prés, era otra ocasión para que Marthe me presentara a gente. Me agarraba del brazo, como de costumbre, mientras íbamos de grupo en grupo. Pero ya no me molestaba. Me gustaba sentir su presencia a mi lado. Se había convertido en mi mentora. Ella me enseñaba y yo la escuchaba, y después seguía sus reglas y consejos. Junto a ella descubría un mundo, sin duda superficial pero al mismo tiempo fascinante y atractivo. Sentí su mano cerrarse con fuerza sobre mi piel desnuda. Me giré hacia ella. ¿Qué le habría llamado tanto la atención? La entrada en escena de Gabriel. Fiel a su leyenda, se presentaba como si fuese el jefe de todo aquello. Con una mano en el bolsillo, hablaba con los hombres mientras repartía cumplidos y besos entre las mujeres. Todo el mundo parecía conocerlo. Terminó su recorrido social ante nosotras. Nos besó primero a una y luego a la otra, y dio un paso atrás.

—La maestra y la alumna, terribles... No dejáis ninguna oportunidad a las demás.

—Gabriel, eres incorregible —le dijo Marthe con un tono que rozaba lo amenazador.

—¿Y de quién es la culpa? —respondió totalmente relajado—. Me imagino que si te pido permiso para invitar a Iris a una copa me lo vas a negar.

—Imaginas bien, querido. Esta noche estamos aquí para hacer negocios, al contrario que tú, que solo te dedicarás a divertirte. ¿A quién le has echado el ojo esta vez?

A Marthe no se le pudo haber escapado la mirada que me dedicó Gabriel.

—Todavía me lo estoy pensando... Las dejo trabajar, señoras.

Marthe me alejó de allí. Era superior a mis fuerzas, volví la cabeza por última vez.

—Iris, ¿no te había advertido sobre él?

El tono cortante de Marthe me bajó de golpe a la tierra.

—Sí.

—Entonces, ¿por qué actúas de esa forma? Es como si te hubiera hechizado.

—No es tan peligroso, tiene mucha labia, le encuentro hasta divertido.

—Va a resultar que no hay nada dentro de esa cabecita. Recupera el sentido, querida, no dejemos que nos estropee la velada.

—Lo sé, tiene razón.

Después de más de una hora de apasionante convencionalismo, conseguí escapar con el pretexto de ir a refrescarme un poco. Necesitaba respirar. Pasé más de cinco minutos sentada en el baño, con la cabeza entre las manos. Al volver a la galería, hice un gesto a Marthe desde lejos indicándole que iba a echar un vistazo a la obra del artista. También estábamos allí para eso, creía recordar.

Plantada delante de un cuadro, sentí cómo me invadía la cólera. Cólera contra Pierre y la actitud que había tenido antes al teléfono. ¡No me lo podía

creer! No estaba dispuesto a hacer nada, no se enteraba de nada. Hasta se podía pensar que hacía todo lo
posible para que me echase en brazos del primero que
pasara. Mi mente derivó automáticamente hacia Gabriel, cuya presencia no mejoraba mi estado de nervios. Cuando coincidíamos en una misma habitación,
dejaba de tener control alguno sobre mi cuerpo. Las
amenazas de Marthe no habían cambiado nada, y eso
era mala señal. No le oí llegar a mi espalda.

—Nunca he entendido el arte abstracto —me
dijo.

—¿Marthe no te enseñó?

—No le hice ni caso.

Le miré de frente y sonreí. Yo también tenía
ganas de divertirme y de bajar un rato la guardia. Inclinó la cabeza, como extrañado.

—¿Has escapado a su vigilancia?

—Sí, por el momento.

—¿Te quedas conmigo?

—Un ratito.

—¿Champán?

—¿Por qué no?

Hizo una seña al camarero con gesto satisfecho. Este llegó instantáneamente con una bandeja,
Gabriel cogió dos copas, me tendió una e introdujo
un billete en el bolsillo del hombre mientras le daba
las gracias a su manera con un guiño y una palmada cómplice en la espalda. Me eché a reír.

—¿Tienes ganas de divertirte esta noche?
—me preguntó haciendo tintinear su copa contra la
mía.

Me leía el pensamiento. Bebí un sorbo sin dejar de mirarle.

—Todavía me lo estoy pensando —respon-
dí—. Como tú antes... ¿Has encontrado a tu presa?

—Estás jugando con fuego.

—Quizás...

Se me heló la sonrisa. Por el rabillo del ojo había vislumbrado a mi carabina.

—Marthe me está buscando —le dije—. Tengo que irme.

—Ve con ella —se acercó a mí—, interpreta tu papel. No provoques su ira. Y, para responder a tu pregunta, ya sé a quién quiero, pero no sé si ella está dispuesta a jugar, y yo prefiero que juguemos los dos.

Sus ojos se entretuvieron en mi escote una última vez y se alejó. Yo fui a unirme a Marthe. Por el camino, quise saber hasta qué punto podía sentirme segura de mí, alzada sobre mis tacones de aguja, con un andar que no era el mío. Me volví para lanzar una mirada a Gabriel. Me miraba fijamente, como un niño a una golosina. ¿Por qué Pierre nunca me miraba así?

Marthe decidió que era hora de marcharse. Estábamos recogiendo nuestros abrigos cuando apareció Gabriel.

—Pero ¿ya se van las reinas de la noche?

—Sí. Estoy cansada —respondió Marthe.

—¿Aceptarías dejar a Iris bajo mi protección? El suelo se derrumbó bajo mis pies.

—¿Qué has dicho? —se encrespó mi carabina.

—Es cosa de negocios, he descubierto algunos clientes potenciales. Confía en mí, conozco tus métodos, sé lo que esperas de Iris. Después, la meto en un taxi.

Marthe me observó, dudando.

—*Business is business!* —insistió Gabriel.

—Déjanos un momento, por favor —respondió Marthe.

Esperé a que se alejase para tomar la palabra.

—Prometo ser buena; un rato para repartir algunas tarjetas y me voy a casa. Me duelen demasiado los pies como para aguantar una hora más de pie.

Cogió delicadamente mi mentón entre sus dedos.

—Te espero mañana por la mañana en el *atelier*. Si Gabriel tiene el más mínimo gesto fuera de lugar contigo...

—No sucederá —le prometí mirándola a los ojos.

La acompañé hasta el taxi. Cuando volví a la galería, tuve la sensación de lanzarme al foso de los leones. Gabriel estaba en plena conversación con varias mujeres, que flirteaban con él sin ningún pudor. ¿Por qué no iba a hacer yo lo mismo? Había llegado la hora de tomar la iniciativa. Atrapé una copa de la bandeja de un camarero que pasaba. Bebí un primer trago, después otro, y un tercero, para infundirme valor, o más bien el punto de locura necesario para lo que me disponía a hacer. Después avancé con paso seguro, los ojos fijos en él. Dejó de hablar con sus fans, que se giraron hacia mí. Gabriel dio un paso atrás en el momento en que yo llegaba. Me presentó y dejó que habláramos de trapitos entre chicas, dijo.

Marthe estaría satisfecha: tenía nuevos pedidos. Sentí cómo una mano se deslizaba alrededor de mi cintura. Gabriel pasaba al siguiente nivel, tuve la impresión de ser de su propiedad. Aquello empezaba a ir demasiado deprisa.

—Los negocios funcionan —murmuró a mi oído.

—Gracias a ti.

—Mi única intención era librarnos de Marthe.

—Le prometí ser buena y volver a casa.

—¡Vaya planazo!

—Tranquilo, crucé los dedos a mi espalda —le dije inclinando la cabeza hacia él.

Había dejado por completo de dominar la situación. Y aún más las palabras que salían de mi boca.

—Niña mala —ronroneó.

Me estrechó contra él, nos disculpó ante las damas y me llevó hacia la salida.

—¿Nos vamos? —le pregunté frenando la marcha.

—¿No estás harta de todos esos viejos engolados y de esas cotorras que reflexionan sobre el sentido filosófico de un yogur derramado en un lienzo?

Mi risa tuvo que oírse en toda la galería.

—Iris, ya sabes lo que dicen: «Mujer que ríe...»[*].

Abrí los ojos como platos. Gabriel me arrastró con firmeza hasta la calle. Había un taxi esperando. Me abrió la puerta y me invitó a entrar en el coche. Después dio la vuelta y se sentó a mi lado en el asiento trasero. Dio una dirección al taxista.

Durante el trayecto, contemplé las calles de París. Era bonito. No tenía ganas de hablar. No tenía ganas de que la velada terminase, ¡me sentía tan libre! Me encantaba cómo me miraba Gabriel, por efímero que fuera. Yo era la elegida entre todas las mujeres esa noche. Un hombre me deseaba. Sin embargo, mis manos empezaron a temblar, mi estómago se retorcía de angustia, no paraba de colocarme el pelo y, si cerraba los ojos, mi mente se llenaba de imágenes

---

[*] «Femme qui rit, à moitié dans ton lit»: «Mujer que ríe tiene un pie en tu cama», dicho popular en francés. *(N. del T.)*

de Pierre. Febril, saqué el móvil de mi bolso. Ni el menor mensaje ni llamada por su parte. En cambio, tenía uno de Marthe. No necesitaba escucharlo. Siempre había tenido razón y sabía lo que era bueno para mí. Me caí de la nube y volví a poner los pies en la tierra.

El taxi aminoró la marcha y se detuvo ante un edificio señorial en Richelieu-Drouot.

—Para guardar las formas, ¿te invito a una última copa en mi casa?

Suspiré sin saber si era de decepción o de alivio.

—Vale, lo entiendo, Iris, te vuelves a casa.

—Sí —respondí, alzando los ojos.

Sacó varios billetes del bolsillo y los pasó por encima del hombro del taxista, pidiéndole que me llevase «adonde la señorita quisiera». Me miró sin pena ni rencor, y se acercó a mí.

—Buenas noches —me dijo con su voz ronca.

—Gracias..., buenas noches.

—No me las he ganado.

Me besó en la mejilla y salió del coche. Dio unos golpecitos al capó antes de separarse. El taxi arrancó, y yo me torcí el cuello para verle entrar en su casa.

Ya en la cama, los ojos clavados en el techo, intenté dormirme. Daba vueltas y vueltas, cerraba los ojos con todas mis fuerzas y después los volvía a abrir. Me hubiese gustado dar marcha atrás. Estaba viendo de nuevo la película de la velada. Me observaba, como fuera de mi propio cuerpo, y me veía como una extraña. No era yo aquella mujer que se había comido con los ojos a Gabriel, que le había provocado, que se había reído de sus bromas, que le había dado su número de móvil y había estado a punto de cometer una insensatez. Debía volver al planeta Fidelidad, escuchar a Marthe, concentrarme en la costura. Pero ¿cómo podía conseguirlo cuando Gabriel parecía leer mis pensamientos?

Estaba ante la puerta del despacho de Marthe, de punta en blanco. Había abusado del maquillaje para disimular las ojeras. Y tenía miedo. De todas formas, tenía que mentirle. ¿Por qué no me había marchado al mismo tiempo que ella el día anterior? Me había puesto en peligro. Me aferré desesperadamente a los pedidos que había conseguido la víspera gracias a... Gabriel. Llamé y entré directamente. Marthe no estaba sentada a su mesa, sino instalada en el sofá, pensativa. Extraño.

—Buenos días, Marthe.

—No esperaba verte tan temprano esta mañana.

Se levantó, dio una vuelta a mi alrededor y examinó mi indumentaria.

—No me quedé mucho rato después de que se fuese.

—¿Qué tal resultaron los contactos de Gabriel?

—Hubo pedidos interesantes, creo que pueden convertirse en clientas regulares. Les dejé mi tarjeta, deberían pedir cita los próximos días.

—Muy bien, ¿y Gabriel?

Clavó sus ojos en los míos.

—Estuvo divirtiendo a la audiencia y... se marchó muy bien acompañado mientras yo esperaba un taxi.

Levantó mi mentón con un dedo.

—No me estarás mintiendo.

—¡No, Marthe, claro que no!

—¡Porque no lo toleraría! —me dijo con sequedad.

Me sentí mal. Cerró los ojos, sacudió la cabeza y volvió a mirarme.

—Me extraña que no haya intentado nada. Lo conozco, cuando desea a una mujer no hay nada que le detenga.

—Le hice comprender que estaba perdiendo el tiempo conmigo.

Me sonrió, visiblemente satisfecha de mi reacción. Mis dotes para la mentira me asombraban. Sin embargo, más valía que no me quedara demasiado tiempo.

—Tengo mucho trabajo que hacer.

Me dirigí hacia la salida.

—Iris...

—¿Sí?

Tragué saliva.

—Acércate.

Obedecí. Inspeccionó de nuevo mi silueta. Intencionadamente, me había puesto un conjunto de *working girl* seria. Marthe desabrochó los primeros botones de mi camisa ajustada. Me fijé en sus dedos finos, delicados, en sus gestos fluidos.

—Está muy bien hacer de buena chica, pero no exageres. Y piensa en ponerte tacones mucho más altos la próxima vez.

—Muy bien. Buenos días.

Sentí sus ojos clavados en mí hasta que cerré la puerta del despacho.

Los días siguientes, Gabriel se entregó a un auténtico acoso telefónico. Para mi gran alivio, Marthe estaba siempre a mi lado, en guardia. No cedería a la tentación, no estaba allí para eso. Borraba sistemáticamente sus mensajes sin escucharlos, me negaba a oír su voz susurrándome cualquier barbaridad.

El viernes a mediodía hice balance de la semana junto a Marthe en su despacho, como de costumbre.

—Aprovecha bien este fin de semana con tu marido, porque te quiero conmigo el siguiente —me dijo para concluir.

—¿Por qué?

—Vamos a comprarte todo lo que no coses para perfeccionar tu imagen y tu guardarropa.

—Marthe, es usted... No necesito nada.

Me respondió simplemente con su aire de misterio y una mirada que no toleraba un no, y después se levantó. La acompañé hasta la puerta.

—Sigue así, Iris, llegarás lejos. Hazme caso, siempre.

Bajé los ojos mientras ella entraba en el ascensor. Fue más fuerte que yo, me coloqué en la ventana para observar cómo se marchaba. Pasaron unos minutos antes de que saliese del edificio. Caminó despacio hasta un taxi, el chófer le abrió la puerta y desapareció.

—¡Iris! ¡Teléfono! —me gritó una de las chicas. Corrí.

—¿Diga? —dije sin preguntar quién llamaba.

—Buenas tardes, Iris —ronroneó Gabriel—. Tú sí que sabes hacerte desear.

—Marthe...

—Se acaba de marchar, tiene cita con el notario, la he fijado yo.

—¿Por qué...?

—Te espero en mi despacho.

—Pero...

—Si no estás aquí en diez minutos, subo a buscarte al taller.

Colgó. No había duda, había copiado el estilo autoritario de Marthe. Bajo la mirada curiosa de las chicas, abandoné el taller con la mayor naturalidad posible y descendí al primer piso. Llamé, la puerta se abrió y me quedé paralizada en la entrada. Los despachos estaban ocupados por los empleados de Gabriel, todos ellos futuros *golden boys*. Se cruzaron miradas pícaras al verme. Uno de ellos, un mini-Gabriel en potencia, se acercaba a mí. Lo adelanté dirigiéndome lo más dignamente posible al despacho de su jefe.

—Vengo a ver a Gabriel, conozco el camino.

Pasé ante él y los que se le habían unido. Creí escuchar un silbido y me erguí. Resultado de las prisas: me metí en la boca del lobo sin haber preparado mi defensa.

Mi demonio personal estaba hablando por teléfono, bramando a pleno pulmón; no me hubiera gustado estar en el lugar de su interlocutor. Por primera vez veía a Gabriel en su entorno profesional: poderoso, serio, encarnizado. Me sonreía a la vez que escupía órdenes. Después se acercó y cerró la puerta que yo había dejado abierta, no sin antes lanzar una mirada poco amistosa en dirección al pasillo. Su proximidad hizo que mi corazón latiese más deprisa. Con su brazo libre, intentó acorralarme contra la pared, y me escapé pasando por debajo. Entonces fue cuando dio por terminada su conversación, con el pretexto de una cita de la mayor importancia.

—¿Tienes problemas con el teléfono? —me preguntó arqueando una ceja.

—No.

Avanzó hacia mí. Retrocedí.

—¿Estás huyendo de mí?

Estaba atrapada contra su mesa.

—Eh... no.

—En ese caso, te invito mañana por la noche. Una verdadera cena digna de ese nombre, y solos los dos.

Había pronunciado la última frase poniendo su rostro a mi altura, para captar bien mi mirada. Me sonrió, y yo hice lo mismo. Era más fuerte que yo, jugaba la carta de la provocación, y yo disfrutaba con ello.

—Una vez más, tengo que decirte que no.

—¿Y por qué razón?

—Voy a pasar el fin de semana con mi marido.

—Mierda, no consigo grabarme tu único defecto.

Logré alejarme de la mesa y distanciarme de él. Debía salir de allí.

—¿Tienes prisa?

—Me queda un poco de trabajo antes de marcharme. Que pases un buen fin de semana.

Me di la vuelta y empecé a abrir la puerta, pero Gabriel la cerró pasando un brazo por encima de mi hombro. Se mantuvo allí, casi pegado a mi espalda. No me tocaba, y sin embargo sentía su aliento sobre mi piel. Cerré los ojos.

—¿Qué ha sido de la seguridad que tenías la otra noche? —me murmuró al oído.

Debía enfriar el juego. No conocía las reglas.

—Lo siento si..., pero había bebido demasiado... No era yo misma.

—¡Oh, sí! Yo creo que eras más tú misma que nunca.

—Te equivocas, soy una chica banal, buena y...

—Fiel, lo sé. Y ahí es donde tú te equivocas por completo.

Me ponía nerviosa, y me encantaba. ¿No había acaso una parte de verdad en lo que afirmaba? Me enfrenté a él y clavé mis ojos en los suyos.

—Tengo otras ambiciones que formar parte de la lista de tus amantes. Eso es todo.

—¿Tienes intención de encadenarme?

—Ya tengo un defecto, no cuentes conmigo para cargar con otro.

—Te vuelves mordaz... ¡Me encanta! Cada vez me gustas más.

—Por mucho que te suplique, invoque mi matrimonio, a Marthe, ¿no vas a dejarme tranquila?

—Vamos a pasarlo realmente bien, confía en mí...

Gabriel me acompañó hasta la puerta de sus dominios, con una mano en mi espalda y una sonrisa satisfecha en los labios. No había pasado nada y, sin embargo, me sentía avergonzada e incómoda. Era fácil imaginar lo que sus empleados debían estar pensando. ¿En qué me estaba convirtiendo? Gabriel me besó en la mejilla y me deseó un feliz fin de semana con mi marido.

Pierre me esperaba en el andén de la estación. Afortunadamente, las tres horas de tren me habían permitido ocultar mi turbación. Me besó distraídamente mientras se hacía cargo de mi bolsa.

—Qué amable venir a buscarme.

—Quería compensarte por mi deserción parisina y hacerme perdonar por adelantado la guardia del fin de semana que viene.

Por una vez, nos sincronizábamos.

—No te lo reprocharé, no voy a venir.

—¿Por qué?

—Marthe quiere que me quede para... trabajar.

—Ah, bueno... ¿Nos vamos a casa?

Durante el día siguiente, decidí no retomar nuestra discusión telefónica sobre lo que esperaba de él. Me dediqué a hacer de perfecta mujercita. Se fue a jugar al tenis con unos amigos y, cuando volvió, parecía relajado. ¿Íbamos a pasar quizás una buena velada?

Estaba preparando la cena cuando entró en la cocina.

—Tienes un mensaje de texto —me dijo, tendiéndome el teléfono.

Lo cogí, invadida por un ligero pánico mezclado con deseo. Con toda la razón. Gabriel me escribía: «¿Cuándo vuelves?».

—¿Quién es? —preguntó Pierre.

Levanté la cabeza.

—Eh..., una clienta... Quiere saber cuándo vuelvo.

—¿Un sábado por la noche? —se extrañó.

No tuve tiempo de responderle, se escuchó un nuevo pitido. Pierre suspiró enervado.

—¿Sabes? —propuse—. Voy a apagar el teléfono, esperará hasta el lunes.

Dicho y hecho, dejé el móvil sobre la mesa y me deslicé entre sus brazos.

—Soy toda tuya —le dije apoyando mi nariz en su cuello.

Me abracé a su cintura, mendigando ternura. Me estrechó a desgana contra él, pero yo sabía que su mente estaba en otra parte. Me soltó casi de inmediato.

—¿Pasamos a la mesa? —me dijo.

—Si quieres.

Diez minutos más tarde estábamos haciendo lo que hacíamos cada sábado por la noche: cenar delante de la tele. Mientras comía, observé a Pierre. ¿Qué había pasado con mi marido? Cada vez me costaba más reconocerlo. Nos habíamos convertido en unos extraños, y a él parecía darle igual. ¡Si al menos su trabajo no le absorbiese tanto! Si al menos consiguiéramos comprendernos...

Después de haber recogido la mesa, volví a su lado en el sofá.

—¿Me permites? —le pregunté estrechándome contra él.

—Ven.

Levantó el brazo y me acurruqué en su hombro. Pierre empezó a acariciarme el pelo de forma mecánica.

En la cama, le pedí lo mismo, esperando atención, dulzura, deseo... Esperando que me hiciera olvidar, que me hiciese sentir culpable por estar pensando en otro. No tuvo ningún detalle más. Su respiración se volvió regular, dormía el sueño de los justos. Pasó un cuarto de hora, media hora, una hora, y mis ojos seguían desesperadamente abiertos. Solo pensaba en una cosa. Me levanté sin hacer ruido, bajé de puntillas y encontré mi móvil en el mismo lugar donde lo había dejado en la cocina. Lo estuve mirando largo rato, y después me decidí a encenderlo. Descubrí el último mensaje de Gabriel: «Pásalo bien con tu marido». ¡Si supieras!, me dije. Sin pensar, escribí la réplica: «Por favor, para, ¡no me causes más problemas con él!». A esas horas, ya no me respondería. Cuando sonó un pitido, fui corriendo a esconderme en el cuarto de baño. «¿Comida a domicilio en mi despacho el lunes por la noche?» «No», respondí. Biiip: «¿Y si te prometo ser bueno?». Suspiré, sonreí y respondí: «Ya veremos». Biiip: «¡Bien!». Apagué el teléfono y volví a acostarme, perpleja. ¿En qué lío me acababa de meter?

7.

Gabriel era buen chico a su manera. Nunca había conocido a un «niño» tan desobediente. Sí, lamentablemente había cedido a sus invitaciones a cenar, y desde hacía tres semanas tenía lugar una cita de «comida a domicilio el lunes por la noche». Aquello me daba la impresión —del todo falsa— de que controlaba la situación. En realidad, esas veladas en su compañía me sentaban maravillosamente bien. Olvidaba durante unas horas la ausencia y la falta de interés de Pierre; me sentía mujer y deseable, gracias a las miradas y a las indirectas con que Gabriel acompañaba cada una de sus frases; dejaba de lado la presión que mi trabajo y Marthe ponían sobre mis hombros. Además, nos unía un acuerdo tácito: no hablábamos ni de Marthe ni de Pierre. Estaba jugando con fuego. Lo sabía. La situación se estaba volviendo peligrosa durante esas noches en las que nos invitábamos el uno al otro. Así que debíamos jugar la carta de la distancia, de la indiferencia. Gabriel se hacía cargo por los dos. Y, cuando Marthe no se daba cuenta, me comía con los ojos. Lo que no le impedía seducir a todo lo que se moviese: en cada ocasión se marchaba invariablemente con una nueva conquista bajo el brazo. A decir verdad, esa actitud me tranquilizaba. Todo aquello no era más que un juego de seducción, nada serio.

Con mi marido había llegado a un statu quo. No había peleas, pero tampoco un acercamiento claro. Pierre no sabía nada de mis citas a solas con Gabriel. Me hundía en la mentira por miedo a despertar al león dormido. No se había mostrado celoso al hablarle de la primera cena, pero en vista de lo que pensaba del mundo en el que me movía, sin duda era mejor no tentarlo. En su lugar, ¿le habría dejado yo cenar con otra mujer? Conocía la respuesta.

En el plano profesional, mi sueño hecho realidad proseguía. La costura y el diseño de moda llenaban mi vida, nunca había sido tan feliz. Mi libro de pedidos estaba siempre al completo. Philippe había aprovechado la ocasión y había decidido que las chicas fueran mis ayudantes en los periodos de mayor agobio. Empezaba a ganarme la vida mejor que bien. Gracias a Marthe me codeaba con mujeres cada vez más exigentes, y aquello no hacía más que estimular mi creatividad. Mi mentora se movía en un medio confidencial, un auténtico círculo cerrado reservado a los iniciados. Enseguida comprendí que nunca me llevaría a la Fashion Week; detestaba las lentejuelas y los abalorios. Solo hablaba de mí a su entorno más íntimo, y filtraba las potenciales clientas. «Hay que hacer verdaderos equilibrios para obtener una cita con la protegida de Marthe», me comentó una mujer que acababa de conseguir su acreditación para acceder al taller. Yo, que me creía una cobarde, me enfrentaba a cada encargo como a un desafío, una carrera que debía ganar a toda costa.

Lunes por la noche. No veía a Gabriel. Marthe acababa de llamar por teléfono. En diez minutos debía estar lista para presentarle los últimos mode-

los que deseaba ofrecer a mis mejores clientas. Se aveci-
naba una velada intensa. Envié un mensaje de texto a
Gabriel para avisarle: «Sesión de trabajo con Marthe,
me llevará toda la noche», y después coloqué los vestidos en los maniquíes. Para cuando Marthe llegó, aún
no había recibido respuesta de Gabriel. Qué extraño.

Miraba a Marthe tocar mis creaciones, cada
uno de sus gestos irradiaba una sensualidad turbadora, en el límite del erotismo; ni siquiera acariciando la
piel podría haber sido más carnal. Por fin se volvió
hacia mí.

—Ahora quiero vértelos puestos.

—Están hechos para las clientas.

Ignoró mi comentario haciendo un gesto con
la mano.

—Tu cuerpo debe darles vida para empezar.
¿Los has hecho de tu talla, como te pedí?

Asentí. Tamborileó su mentón con el índice,
mientras sus pupilas se ensanchaban.

—Me acompañarás a una cena con amigos el
sábado, estarán encantados de conocerte.

—Lo siento, tengo que ir a mi casa sin falta.

—No hay nada más importante que tu carrera. Tienes que cultivar tus relaciones.

Bajé los hombros.

—Lo sé, pero... estamos invitados a una boda.
Y si le digo a Pierre que no iré porque tengo una cena
aquí, me temo que se va a enfadar mucho y...

Me hizo callar con un movimiento de la mano.

—Muy bien, ve.

Echó un vistazo a mis pies.

—¿Dónde tienes tus tacones de doce centímetros?, ¿aquí o en tu casa?

—Aquí —respondí, avergonzada.

—Ve a buscarlos.

Fui a toda velocidad a buscar uno de mis nuevos y numerosos pares de *stilettos*. Marthe había insistido en comprarlos aunque ya me resultaba bastante difícil poner un pie delante del otro con los tacones de diez centímetros. Ella solo llevaba esas dos medidas, nunca más bajos. Tendría que acostumbrarme. Hasta había asistido a una clase para aprender a caminar. Durante la sesión de compras que me había impuesto, había gastado una pequeña fortuna en completar mi guardarropa con, entre otras cosas, lencería y calzado, todo ello —por supuesto— de lujo. Cuando volví, Marthe había retirado varias prendas de los maniquíes.

—¡Al probador, querida!

Era una orden. Me hizo una seña para que fuese a desnudarme. Por primera vez utilizaba el probador para mí y no para mis clientas. En ese instante me di cuenta de que la atmósfera de la habitación rebosaba voluptuosidad.

Oculta tras la pesada cortina de terciopelo negro, tomé en mis manos su primera elección: un vestido de talle ajustado y con escote palabra de honor de encaje negro y tafetán verde botella para el forro. Nada más probármelo, me atasqué. Tenía la manía de confeccionar ropa imposible de abrochar.

—¿Estás lista?

—Casi.

La cortina se abrió de golpe.

—Ponte en el centro —ordenó Marthe.

Avancé por el probador, aplastada por el peso de su mirada. Me puse frente al espejo. Marthe, en silencio, se colocó a mi espalda y me observó durante unos segundos eternos. Puso su mano en la curva de mi cintura y me obligó con una simple presión a ponerme recta, con los hombros hacia atrás y el pecho hacia delante. Después subió la cremallera muy lentamente. Sentí su mano recorrer mi columna vertebral, acariciar ligeramente mi cuello y la base del cuero cabelludo. Me entraron escalofríos.

—Cámbiate.

Segundo vestido. Tercero. Cuarto. Entré de nuevo en el probador. Ya no me molestaba en correr la cortina.

—Quítate el sujetador para el siguiente.

Comprendí enseguida a qué modelo se refería. Lo había hecho pensando en particular en las insistentes peticiones de una clienta, una buena amiga de Gabriel. Ese vestido, de seda «rojo Hermès», rozaba lo indecente. Mientras esperaba a Marthe, me tapé los senos con los brazos para mostrar un poco de pudor. O más bien lo que quedaba de él, ya que no llevaba más ropa que un tanga y unos zapatos de salón.

—Ponte este.

Agarré el vestido. Había acertado. Marthe fue a sentarse en el diván. Una vez más, no me reconocí frente al espejo. El drapeado del escote dejaba entrever la curva de mis senos. En cuanto a la espalda, apenas me cubría el trasero. Iba a salir del probador cuando se oyó el golpe de la puerta del taller.

—¿Marthe? ¿Estás ahí?

Gabriel. Paralizada, tragué saliva.

—Sí, querido, pero no estás invitado.

—¿Invitado a qué?

Por el sonido de su voz, supe que estaba en el gabinete. Seguía oculta, pero podía oírlo todo.

—Estoy haciendo unas pruebas con Iris, y tu presencia estaría fuera de lugar.

—¡Todo lo contrario, necesitáis la opinión de un experto!

—Déjanos.

—Ni hablar, mi querida Marthe. Además, debes firmarme unos documentos.

—Pues compórtate —le ordenó—. Iris, te esperamos.

Oí el chasquido de un beso. Me quedé atónita, habría querido desaparecer. Pero si no salía pronto de mi escondite, me arriesgaba a poner a Marthe de mal humor. Y era lo último que deseaba. Inspiré con fuerza y avancé hacia el centro de la estancia, con la mirada fija en mis propios pies. Sobre todo no quería cruzarme con los ojos de Gabriel. Nadie pronunció una sola palabra. Esperaba la sentencia, frente al espejo, con la cabeza gacha. Oí el ruido de los tacones de aguja sobre el parqué. La mano de Marthe volvió a encontrar su sitio en la curva de mi cintura, esta vez a flor de piel. El empujón fue más fuerte.

—¿Has olvidado tu lección de compostura?

—No.

—Te estoy esperando, Iris.

Levanté la cabeza, abrí los ojos. Marthe pasó un brazo por encima de mi hombro y me levantó el mentón, que no debía de estimar lo suficientemente orgulloso. Solo vi a Gabriel en aquel instante. Estaba sentado en una butaca, perfectamente preparado para asistir a toda la escena. Corbata desanudada, camisa abierta, un tobillo descuidadamente apoyado sobre la rodilla opuesta, la mano en la barbilla, una mirada de depredador. Marthe me colocó el escote. Rozó mis senos, mis nalgas. Me arqueé aún más. Después posó su mano sobre mi cadera.

—Gabriel, si quieres dar tu opinión, es el momento.

Marthe no se movió. Sin romper la conexión visual entre nosotros, Gabriel se levantó y avanzó indolente. Se colocó frente a mí, a unos veinte centímetros. Estaba atrapada. Entre ellos dos. Entre sus dos cuerpos. Entre sus miradas. La tensión era palpable. Había algo entre ellos; ignoraba qué, pero me ponía la piel de gallina. Gabriel me contempló de arriba abajo antes de volver a clavar sus ojos en los míos. La mano de Marthe se cerró aún más sobre mi cadera. La distancia se redujo imperceptiblemente entre los tres. Gabriel entreabrió un poco los labios y miró a Marthe.

—Has encontrado a tu digna heredera.

Silencio. Pesado. Opresivo.

—Iris llevará este vestido a una boda a la que les han invitado a ella y a su marido —anunció Marthe con una voz en la que percibí algo parecido a la decepción.

Imposible. Si me presentaba así vestida, el escándalo estaba asegurado, empezando por el que montaría Pierre.

—Cenemos los tres —propuso Marthe.

—Será un placer —respondió Gabriel antes de examinarme de nuevo—. Tómate tu tiempo para arreglarte, Marthe y yo tenemos papeleo que solucionar.

Se alejaron. En el espejo, vi cómo Gabriel le echaba el abrigo a Marthe sobre los hombros y luego se la llevaba, con una mano en su espalda. Estaban perfectamente sincronizados, como si lo hubieran hecho siempre, como si fuesen una vieja pareja. Ella frenó el avance y se volvió hacia mí.

—Ponte el primer vestido para la cena.

—Muy bien.

Cuando se marcharon, expulsé todo el aire que había retenido en mis pulmones. Permanecí inmóvil unos instantes antes de pensar en cambiarme. Un cuarto de hora más tarde, el timbre del teléfono me sobresaltó y me llamó al orden.

Me esperaban en el hall del edificio. Me sentí aliviada al ver que Gabriel traía consigo el casco de moto. Al menos no tendría que verme estrujada entre los dos en el taxi. Como un perfecto caballero, sostuvo la puerta a Marthe y me hizo una seña para que pasase a mi vez. Me crucé con su mirada, que comenzaba a conocer y a temer: no estaba garantizado que se portase bien. Tiesa como un palo, seguí a Marthe hasta el taxi.

—¿Como de costumbre? —preguntó Gabriel.

—Por supuesto, querido.

A través de la ventanilla, le vi subirse a la moto y ponerse el casco. Distinguí su sonrisa socarrona justo antes de bajarse la visera. El taxi partió en dirección a los Champs-Élysées y la Avenue Montaigne.

Sentadas a la mesa, Marthe y yo intercambiamos nuestras impresiones sobre la prueba. Me prestaba atención pero estaba tensa. Golpeaba nerviosamente la mesa con la yema de los dedos, su mirada oscilaba sin cesar de derecha a izquierda. Nunca la había visto en ese estado, y hasta entonces no pensaba que Marthe, siempre tan contenida, pudiese demostrar tal agitación.

Estaba a punto de ganar la negociación para poder llevar otro vestido a la boda cuando llegó Gabriel.

—Señoras, disculpen mi retraso.

—Sabes que no tolero este tipo de cosas —le espetó Marthe, exasperada.

Se acercó a ella y depositó un beso en su pelo.

—Necesitaba tomar el aire. No sé por qué, pero... —me lanzó una mirada discreta— estaba..., cómo explicarlo..., muy alterado. He estado corriendo un poco.

—Déjate de niñerías inmediatamente y siéntate.

—A tus órdenes, mamá.

Marthe no pareció apreciar la broma. Desplegó su servilleta con gesto seco. Gabriel no encontró nada mejor que sentarse a mi lado. Muy cerca. Demasiado.

Aquella cena fue desconcertante. La atmósfera aterciopelada, la luz filtrada, la discreción del servicio, la visita del galardonado chef a nuestra mesa... Como si hubieran cerrado el restaurante para nosotros. Marthe se había relajado y me preguntaba sobre Pierre, sobre mis padres, sobre mi infancia. Me costaba contestar abiertamente. Gabriel, apasionado con el tema —y con razón, porque con él me esforzaba en no hablar nunca de mí—, mostraba mucha curiosidad acerca de mi vida. Dependiendo de mis respuestas, inclinaba la cabeza hacia un lado o abría los ojos como platos. Más de una vez pensé que se iba a atragantar. Como cuando Marthe me obligó a confesar que estaba casada desde hacía casi diez años.

—¿De qué planeta vienes? —exclamó.

—¡Gabriel! —le cortó Marthe—. Eres tú el que no es normal, el que se pasa la vida huyendo del compromiso, de amante en amante, sin respetar a las mujeres.

Él lanzó una risa sarcástica y se acomodó en su silla.

—No creo que mis amantes tengan queja alguna de mi comportamiento ni de mi falta de respeto. Más bien diría que lo aprecian.

Apoyó un brazo sobre el respaldo de mi silla. Sentí un estremecimiento.

—Iris —dijo Marthe—, tienes ante tus ojos el ejemplo perfecto de un hombre que va de flor en flor y no piensa más que en divertirse. Si Jules estuviese aquí...

—Me diría que estoy haciendo exactamente lo que esperaba de mí.

Marthe lo fulminó con la mirada. Él sonrió sin dejar de mirarla.

—¿Te atreverías a cuestionar mi competencia?

Descubrir aquellas divergencias entre ellos me dejaba atónita. Y tenía el presentimiento de que no se limitaban al ámbito profesional. A menos que solo fuera un juego. Marthe recuperó la sonrisa.

—Querido, eso no se me pasaría por la cabeza. No habría podido elegir a nadie mejor que tú para la sucesión de Jules.

Consultó su reloj y después me miró.

—Estamos aburriendo a Iris con nuestras historias de familia.

—En absoluto —repliqué.

Marthe hizo un gesto con la mano para hacerme callar.

—Volvamos a casa. Gabriel, ocúpate de la cuenta.

Nos levantamos. El *maître* nos ayudó a ponernos los abrigos. Marthe me agarró del brazo. Gabriel nos besó en las mejillas.

—Cuento contigo para reunirnos los tres de nuevo —dijo a Marthe—. Ha sido interesante —se volvió hacia mí—. Siempre es un placer estar en tu compañía.

Pero Marthe ya me arrastraba hacia la salida. Tuve el tiempo justo de lanzarle un «hasta pronto».

El sonido que me anunciaba un mensaje de texto rompió el silencio dentro del taxi. Marthe me observó por el rabillo del ojo. Gabriel me escribía: «Déjala en casa y ven conmigo a tomar una copa». El angelito sobre uno de mis hombros se sintió mal. En cambio, la diablilla del otro estaba aliviada y encantada.

—¿Quién es? —me interrogó Marthe.

—Eh... Pierre..., me desea buenas noches y quiere saber si he llegado bien a casa.

—Tienes un marido atento.

—Sí.

—¿No le respondes?

—Sí, sí.

Era difícil controlar el temblor de mis manos. «OK», respondí sencillamente a Gabriel. Al instante, llegó un nuevo mensaje: «Tú tampoco has tenido suficiente». Maldito, me había leído el pensamiento. Y acto seguido escribió: «Seré bueno, te lo prometo».

En cuanto Marthe entró en el edificio, di al taxista la dirección que Gabriel me había enviado. Una vinoteca en Saint-Sulpice. Me presenté en menos de diez minutos. El establecimiento estaba repleto de estudiantes. Gabriel me esperaba acodado en la barra, con su impecable traje a medida desentonando en aquel ambiente de taberna. Yo no pintaba mejor, con mi vestido de cóctel y unos zapatos con los que se habría podido pagar buena parte del alquiler de uno de esos jóvenes. Me sonrió cuando me vio, se hizo con un taburete para mí y me pidió una copa de vino. Brindamos y nos miramos a los ojos. Le dije cuánto me extrañaba el lugar de la cita.

—Necesito salir de vez en cuando del universo marthesiano.

Me eché a reír.

—¿Qué?, ¿no me crees?

—Sí, sí... Solo me sorprende.

—¿Positivamente?

Sonreí.

—Sí.

—Sabía que este sitio te iba a gustar... Vamos abajo, aquí no se oye nada.

Gabriel me abrió paso. Bajamos unas escaleritas, ideales para partirse el cuello. El sótano era en realidad una bodega abovedada. Había gente bailando en una pista improvisada. El ambiente era más tranquilo, y también más íntimo. Nos sentamos a una pequeña mesa y pensé en aprovechar la ocasión para satisfacer parte de mi curiosidad.

—Háblame de Jules. Marthe me contó cómo se conocieron, pero nada más, y no me atrevo a preguntarle. Pero para ti era un poco como tu padre adoptivo, ¿no?

Me miró de soslayo, y después echó la cabeza hacia atrás.

—Si te molesta, no tienes por qué responder.

Se irguió y me sonrió.

—No, no hay problema. Más allá de evocaciones como la de esta noche, Marthe no habla nunca de Jules desde que murió. Has tenido suerte de que te contara cómo se conocieron, pocos elegidos lo saben.

Apuró su vaso y pidió otra ronda.

—Jules era un hombre poderoso, un adicto al trabajo, respetado por todos, de una exigencia y una intransigencia monstruosas. Su única debilidad era su mujer. Estaba loco por ella. Habría hecho... —su mirada se perdió en el vacío—, hizo de todo por ella.

—Pero ¿y tú y él?

—Como ya te dije, evitó que acabase en prisión. Le debo todo. Me hizo trabajar como un esclavo. Era la primera vez que alguien se ocupaba de mí, ¿sabes? Por eso tragué con todo...

—¿Como qué?

Clavó sus ojos en los míos; le lancé una mirada interrogativa. Bebió un trago de vino antes de responder.

—Acepté cambiar, cortar los lazos con todo lo que formaba parte de mi vida: los colegas, el hachís, el trapicheo. Vivía en su casa. Tenía mi propio dormitorio, mi cuarto de baño, me daban de comer..., un cinco estrellas con todo incluido. Si no quería decepcionar a Jules, si quería seguir inmerso en el lujo, no tenía elección. A la menor tontería me habría puesto en la calle. Era una oportunidad de oro. Así que dejé la mala vida y me deslomé trabajando. Me apuntó a clases nocturnas, y durante el día le hacía de chófer y de mensajero. El resto del tiempo debía permanecer sentado en una esquina de su despacho, sin hacer ruido, escuchando y observando. Y cuando Jules me soltaba, llegaba el turno de Marthe.

—¿Te enseñó a vestirte?

Se rio.

—Casi... Me enseñó modales, a comportarme en sociedad. No sabía hablar correctamente, terminaba cada una de mis frases con un «coño» o un «joder».

—¡Tuvo que volverse loca contigo!

—Si hubiera podido, me habría azotado.

Sin poder dominar mi imaginación, la imagen de Marthe castigando a Gabriel me arrancó una sonrisa.

—Tuve que pasar unos cuantos exámenes antes de que dejaran que me estrenase, y de que Jules me confiase encargos importantes.

—¿Cuándo fue?

—Mi primera reunión de sociedad llegó con rapidez, querían exhibir a su polluelo..., un poco como tú la primera vez que fuiste a su casa...

Se detuvo bruscamente, me echó un vistazo y sacudió la cabeza antes de proseguir.

—En cuanto al trabajo, hace ya más de diez años. Jules supervisaba todas mis transacciones, y un día vi el orgullo en su mirada —sonrió—. A la mañana siguiente anunció a toda la empresa que pasaba a ser su brazo derecho. Cuando enfermó, por lógica tenía que ocupar su sitio.

—Y, en medio de todo eso, ¿tenías tiempo de frecuentar amigos de tu edad?

—No. En realidad no he hecho más que trabajar y moverme en ese entorno.

—No intentes hacerme creer que no tienes amigos, gente con la que vas a tomarte una cerveza, o una copa, como aquí...

Su soledad me desconcertó.

—Es verdad que tengo una agenda de contactos que pondría verde de envidia a cualquier famosilla. Pero, Iris, tienes que meterte una cosa en la cabeza: no son más que relaciones superficiales basadas en los negocios, sin sentimientos de por medio.

Le observé, y pensé que estaba descubriendo a otro Gabriel, más serio, más reflexivo. Me quedaba una última pregunta.

—¿Eres feliz?

Advertí la sorpresa en su rostro.

—Soy consciente de que para el común de los mortales no llevo una vida normal, pero, francamente..., tengo más dinero del que puedo gastar, un trabajo que me gusta, y me codeo con mujeres hermosas —alzó una ceja—. ¿Qué más puedo pedir? —reflexionó un instante—. Sí, ya sé lo que me falta: nunca he ido a una boda.

—¿Te burlas de mí?

—En absoluto. ¿Cómo es?

Me reí ligeramente, de su comentario y de su forma de eludir la cuestión.

—No te pierdes nada, créeme. No tengo ninguna gana de ir a la de este fin de semana. Mira, en mi caso, mis relaciones superficiales son las de Pierre y sus compañeros médicos. Apenas conozco a los novios.

—Venga, te divertirás. Y además podrás bailar... como esos.

Me señaló a los que se movían entre las mesas.

—En las bodas se baila, ¿no?

Me reí con ganas.

—¿Bailar? Me pasaré el convite calentando la silla. Al menos podré llevar mis zapatos sin riesgo de que me salgan ampollas.

—Tu marido no va a...

—¿Pierre bailando? Eso es ciencia ficción.

—¡Increíble!

—¿Quiere eso decir que tú sí sacas a bailar a las mujeres?

Se acercó a mí y pasó el brazo por el respaldo de mi silla. De nuevo su expresión de canalla. ¿Qué acababa de decir?

—Por supuesto, forma parte de mis modales, Marthe me enseñó a haceros perder la cabeza.

—Ah...

No encontré nada más inteligente que responder.

—Voy a dejar de ser bueno, y es culpa tuya.

Se levantó y se dirigió hacia el fondo de la bodega. Le vi susurrar algo al tipo que se ocupaba de la música y darle un billete antes de volver conmigo. Habría tenido que ser muy estúpida para no comprender lo que estaba tramando. Me ofreció su mano, y yo miré a derecha e izquierda. No tenía escapatoria. Ni ganas de escapar. Mi mano tembló ligeramente cuando se la tendí. Cuando nuestras palmas se tocaron, Gabriel se tomó todo el tiempo del mundo para invitarme en silencio a que me levantara. Me deslicé tras él hasta llegar al centro de la bodega, enganchada a su mano. Sonaron los primeros acordes de «Sweet Jane», en la versión de los Cowboy Junkies. Cerré los ojos con una sonrisa. Sentí cómo sus brazos rodeaban mi cintura y me arrastraban hacia él. Mi rostro se acomodó automáticamente en su cuello. Empezó a balancearnos suavemente, con ritmo. Su mano acariciaba mi espalda.

—No estás siendo nada bueno —murmuré.

—He nacido para desobedecer.

Tuve un escalofrío. La voz cálida, la melodía pesada y ligera a la vez, su perfume embriagador se me subían a la cabeza. Sus dedos, que se paseaban delicadamente a lo largo de mi espalda, hacían que se estremeciese cada centímetro de mi piel. Su abrazo se hizo más intenso. El deseo se apoderaba de nosotros. Lo sabía, lo sentía. Me disponía a levantar mi rostro hacia él cuando me hizo girar. Tres minutos treinta. Me concedí esos tres minutos treinta.

—En la última nota, me voy.

—Lo sé —me respondió—. Lo sé.

Apoyé la cabeza en su cuello y me dejé llevar los últimos pasos. Tuve que hacer esfuerzos para resistirme, porque cuando el último «Sweet Jane» resonó, le llegó el turno de entrar en escena a Etta James. «At Last»... Gabriel no me soltó. Estábamos el uno contra el otro, mi mano seguía sobre su hombro, dispuesta a acariciar su nuca, su cabello. Nuestros labios a pocos centímetros de distancia.

—¿Quieres que te pida un taxi? —me dijo en voz baja.

—Eso creo..., sí...

Me mantuvo pegada a él hasta que llegamos a la mesa. Me pasó el impermeable sobre los hombros. No dijimos una sola palabra. Tenía la impresión de estar entre algodones. Volvió a tomarme de la mano para subir la escalera, lo que me pareció muy natural. Apenas habíamos dado dos pasos en la calle cuando un taxi pasó ante nosotros. Gabriel lo detuvo. Le besé en la mejilla. Un beso más largo de lo que la razón me aconsejaba.

—Gracias —suspiré.

No me refería al taxi.

—¿Puedo pedirte una cosa a cambio?

—Sí.

—El sábado, cuando te pongas el vestido que ha estado a punto de volverme loco, piensa en mí...

Sus ojos se posaron sobre mis labios y después sobre mi escote. Mi pecho se elevaba al ritmo de mi respiración caótica y hacía que se hinchasen mis senos, encerrados en el corpiño.

—Ahora vete, o voy a hacer una tontería de las gordas.

No sé de dónde saqué las fuerzas para no lanzarme a su boca, pero obtuve esa victoria sobre mi cuerpo y mis deseos. Me subí al taxi y le dediqué una última mirada, él cerró la puerta. Estaba segura de que tenía fiebre. El vehículo arrancó y me di la vuelta: Gabriel estaba apoyado en una pared y miraba fijamente el coche.

Viernes por la noche. En casa. Sola. Pierre estaba de guardia. Una vez más. En esa ocasión, en cambio, la soledad no me molestaba, tenía la cabeza en otra parte. Mordisqueé un poco de pan y queso acompañados de un vaso de vino. Cogí el ordenador portátil y estuve husmeando en el iTunes Store para ver las últimas canciones. Después de diez minutos de búsqueda infructuosa, supe lo que debía hacer: descargué «Sweet Jane» y «At Last». Después subí al cuarto de baño y llené la bañera con agua caliente y mucha espuma. Sumergida en el agua cálida y perfumada, me puse ambas canciones en bucle. ¿Qué me estaba pasando? Echaba terriblemente de menos a Gabriel. Para mi gran asombro, no nos habíamos vuelto a cruzar después de despedirnos aquella noche. Hasta se me había ocurrido pensar que estaba evitándome, y había sentido miedo. Que pudiese dejar de formar parte de mi vida me parecía inconcebible. Había entrado en ella como una apisonadora y, sin embargo, la atracción que sentía por él no debía ir más allá bajo ninguna circunstancia. Pierre debía recuperar su lugar. Y yo debía recordar las razones por las que amaba a mi marido. Apagué la música, salí del agua, me puse el albornoz y fui a examinar mis dos vestidos. No quería incomodar a Pierre, me pondría el más discreto, igual de bonito y elegante. Era también el que llevaba cuando había bailado con Gabriel. Todo me recordaba a él.

Emergí con dificultad de las sábanas, que se me habían pegado aquella mañana. Empezaba a acusar el ritmo de los últimos días, y necesitaba dormir. Sin abandonar el calor del edredón, encendí el móvil. Pierre me había dejado un mensaje: «Mi guardia se prolonga. Como me lo imaginaba, me he traído el traje. Pero he olvidado la corbata, llévame una. Nos vemos directamente en la iglesia». ¡Pues sí que empezábamos bien!

Con el rostro disimulado bajo una pamela negra, avancé por la nave de la iglesia con mis tacones de aguja martilleando las losas de piedra, y me senté al final de un banco. Tras el mensaje de Pierre, había canalizado mi impulso de cólera cambiando de opinión en cuanto al vestido. Empezó la ceremonia. Seguía sola. Para evitar que me invadiese la rabia, me dediqué a analizar detenidamente la vestimenta de los invitados. Algunos accesorios me llamaron la atención, como un cinturón de tela graciosamente anudado que bastaba para realzar una sencilla falda, o un bolsito de seda que podría confeccionarse de infinitas formas. Otras mujeres, en cambio, tendrían que revisar su estilo. Se diría que hacían todo lo posible por parecer diez años más viejas. Un dobladillo acortado, dos centímetros más de tacón, la desaparición del collar de perlas y del cuello redondeado y su aspecto habría experimentado una auténtica transformación.

Justo después de los votos noté que alguien se sentaba a mi lado. Pierre nos honraba por fin con su presencia. Tenía el descaro de presentarse con buena cara, a lo que se unía que traía el pelo aún mojado.

—¿Qué? —me dijo.

—¿Te da igual aparecer a estas horas?

—Ya te lo he dicho, tenía trabajo. ¿Tienes mi corbata?

La saqué del bolso y se la estampé violentamente contra el pecho.

En cuanto acabó la ceremonia, salí sin esperarlo. Me coloqué a cierta distancia de la escalera de la iglesia, con los brazos cruzados. Pierre se permitió ir a saludar a otros invitados antes de reunirse conmigo. Durante el rito de la salida de los novios —lanzamiento de arroz y pétalos de rosa— no cruzamos una sola palabra, y luego nos dirigimos al banquete cada uno por su lado. Una pareja, dos coches. Allí había un error.

Estaba en el bufé, necesitaba champán o me lanzaría a la garganta de Pierre. Le estaba viendo, todavía en el aparcamiento, dando vueltas y vueltas con su móvil pegado a la oreja. Apuré mi primera copa en tres tragos y pedí una segunda de inmediato. Gracias a las veladas parisinas de esos últimos meses, soportaba muy bien el alcohol.

—Perdóname —me dijo Pierre al oído cinco minutos más tarde.

—Me conozco la cantinela.

—No es culpa mía.

Le miré de frente.

—Más de la mitad de los invitados son médicos, ¿verdad?

Asintió.

—¿Y cómo es que eres el único colgado al teléfono y que, por ese motivo, deja abandonada a su mujer?

Suspiró y miró a lo lejos.

—He tenido un problema esta noche y sigo preocupado. Hala, venga, no vamos a discutir delante de todos, por favor..., no montes una escena.

Me reí sin ganas y le miré fijamente a los ojos.

—Un «lo siento» seguido de un beso habría sido preferible, para empezar.

—Y si te digo que estás muy guapa...

—Pierre —le cortó Mathieu—, tu mujer no está muy guapa, está espléndida. ¡Hola, Iris!

Me dio un beso. Mathieu, el único compañero de Pierre con el que me llevaba bien, un vivalavirgen. Había sentado la cabeza dos años antes al casarse con Stéphanie, ahora embarazada de su segundo hijo. Dio una fuerte palmada en la espalda de mi marido.

—¡Te lo digo en serio! Cuando entró en la iglesia, todos nos preguntamos quién era. Una auténtica mujer fatal. Stéphanie quiere tu vestido en cuanto nazca la pequeña. ¡Un éxito absoluto!

—Gracias, voy a ir a saludarla, todavía no la he visto.

Brindé con él, pero me abstuve de hacerlo con Pierre. Para alejarme de mi marido, me dirigí a regañadientes hacia el grupo de esposas de médicos. A medio camino, me volví. Pierre me seguía con la mirada, con expresión contrariada. Se lo merecía.

En la mesa, los hombres hablaban de trabajo, de seminarios y de operaciones. Las mujeres hablaban de trapitos. Y, por primera vez, yo era el centro de todas las conversaciones. No tenían palabras suficientes para hacer cumplidos a mi vestido y el resto de los modelos que les enseñaba en mi *smartphone*. Querían que les hablase de mis reuniones de sociedad, las inauguraciones, los cócteles... A veces mi mirada se cruzaba con la de Pierre; me escrutaba con seriedad durante unos segundos y volvía a la conversación.

Después de cortar la tarta y devorarla, empezó el baile. Las sillas se fueron vaciando en nuestra mesa, como en todas excepto en la de los abuelos. Mi dedo giraba sobre el borde de la taza de café. Pierre rodeó la mesa y vino a sentarse a mi lado.

—Vamos a irnos pronto, estoy agotado.

Si, por un instante, había esperado que me sacase a bailar, estaba muy equivocada.

—¿Dónde ha quedado la educación que te dio tu madre? Después de tu retraso de esta tarde, no podemos permitirnos marcharnos como ladrones.

—¡Eh, Iris! —me llamó Mathieu—. Creo recordar que tu marido tiene dos pies izquierdos, y como mi mujer está hecha una ballena..., ¿bailas?

—Con mucho gusto —respondí levantándome.

—¿Crees que podrás con semejantes zancos? —preguntó señalando mis zapatos.

—No te preocupes, he estado entrenando.

Pensé en Gabriel, y me sentí feliz.

El honor estaba intacto. Tras un rock endiablado con Mathieu, me permití el lujo de bailar sola. Llevaba diez años pegada a Pierre, negándome a abandonarle. Esa época había terminado. Me contoneaba sobre mis tacones de diez centímetros al ritmo de las canciones del verano anterior, Robin Thicke, HollySiz... Y nadie sabía en qué —o más bien en quién— estaba pensando. A él le habría gustado el espectáculo y seguramente no se habría portado bien.

Al final vi a Pierre, de pie cerca de la pista, haciéndome una seña para que nos fuéramos. Lancé un adiós general, y fui hacia él. Cuando estuve a su lado, me puso una mano en el cuello y me besó en los labios, casi con timidez.

—Estás guapa, muy guapa esta noche... Yo... te veía bailar y..., perdóname.

—Vamos a dormir.

Me acurruqué contra su hombro pasando un brazo alrededor de su cintura. Me estrechó con fuerza, y abandonamos la fiesta. Nos alojábamos en una casa rural perteneciente a la sala de fiestas. Íbamos a quedarnos a la recepción que tendría lugar el día después de la boda. Qué suerte...

Dormí muy mal. El sueño de Pierre fue agitado, hablaba, pero yo no comprendía nada. Abrí un ojo, todavía medio dormida, y pude verlo, vestido y perfectamente afeitado, sentado al pie de la cama con la cabeza entre las manos.

—¿Ya estás levantado?

Me miró fijamente con un destello de pánico en los ojos.

—Me vas a odiar, pero...

La bruma del sueño se disipó a la velocidad de la luz.

—Estás de broma, ¿no?

—No, lo siento mucho.

Salté fuera de la cama y me coloqué delante de él. Permaneció estoico.

—Ya estoy harta. Me obligas a venir a esta boda que me trae sin cuidado, y encima tienes la desfachatez de llegar tarde. Si supieras la vergüenza que pasé ayer en la iglesia... Y ahora... ahora...

Me brillaban lágrimas de rabia en los ojos.

—¿Qué es lo que quieres? —exclamé.

—No puedo más y... y tú no me ayudas.

—¿Yo? ¿Crees que no siento lo mismo? Lucho por salvar nuestro matrimonio como no puedes hacerte a la idea... —alcé la mirada y sacudí la cabeza—. Me enfrento a tu indiferencia, a tu falta de interés por mí, por mi carrera, por eso tan extraordinario que me ha sucedido en París, con Marthe. Ayer me halagó todo el mundo y tú ni te inmutaste o te dedicaste a hablar por teléfono. O cambias de actitud pronto, o nos estrellaremos. Si es que no lo hemos hecho ya.

Se levantó y se acercó a mí, con la evidente intención de besarme. Volví la cabeza.

—Es urgente —se disculpó—. Si soluciono esto todo irá mejor después, te lo prometo.

—Ya no te creo. Se acabó.

—Volveré a casa en cuanto pueda.

—No estaré.

Revolví en mi bolsa, saqué unos vaqueros, un jersey y mis viejas Converse.

—¿Te quedas aquí? —me preguntó.

—Sí, claro, ¿y qué más? Me vuelvo a París, voy a hacer lo que tú, trabajar.

Me encerré en el cuarto de baño y dejé por fin rodar mis lágrimas.

—Iris, ábreme, por favor.

—Vete, te están esperando en el hospital. ¡Es peor que una amante!

Oí cerrarse la puerta.

Tras dejar mis cosas en casa, me metí en el metro. Tenía que ir al taller. Era el único sitio capaz de calmarme. Había esperado que Pierre volviera, que me llamara. Nada.

Me olvidé de mis problemas conyugales al descubrir la moto de Gabriel delante del edificio. La alegría y el alivio me invadieron; y luego una sensación de malestar. Subí al taller sin tratar de averiguar si él estaba trabajando o en casa de Marthe.

Pasé casi dos horas frente a mi máquina de coser. Sin encenderla. Sin usar tela. Sin lanzarme a coser ningún modelo. Cogí mi cuaderno de patrones y un lápiz. Fue como si no hubiese dibujado nunca. Estaba para el arrastre. Tenía la impresión de que me pasaba la vida luchando. ¿Contra quién? ¿Contra qué?

Visto mi estado de ánimo, la conclusión era sencilla, no sacaría nada en claro. Cerré el taller y bajé las escaleras.

—¿Qué estás haciendo aquí? —me preguntó Gabriel, que salía de su despacho en el momento en que yo llegaba al primer piso.

No tenía mejor pinta que yo, con sus rasgos marcados y sus ojeras. Era la primera vez que lo veía así. Sin afeitar, en vaqueros, zapatillas y con un jersey grueso bajo una cazadora de cuero envejecida.

—He venido a trabajar —respondí.

—Creía que volvías mañana.

—En efecto, era lo que estaba previsto.

—¿Y la boda?

Lancé una risa sarcástica.

—Genial... Bueno, me voy a acostar.

Bajamos hasta la calle uno al lado del otro. En la acera, parados como dos idiotas, no sabíamos qué decirnos. Los dos apartábamos la mirada, resultaba incómodo. Gabriel se acercó a su moto.

—Bueno..., me voy.

—Buenas noches —respondí.

Le dediqué una sonrisa y le saludé con la mano antes de alejarme.

—Si no te diese miedo, te habría invitado a dar una vuelta.

Me paré en seco y me volví. Parecía menos seguro de sí mismo que de costumbre.

—De acuerdo.

Me salió solo, quería quedarme con él. Entrecerró los ojos, sondeando mi determinación. Debió de sentirse satisfecho.

—No te muevas.

Corrió hacia el edificio y regresó cinco minutos más tarde con un segundo casco y una cazadora en la mano. Me acerqué a la máquina. Me sentí mal.

—Soy muy poco serio, excepto cuando monto aquí. Confía en mí.

Asentí. Me sonrió, me ofreció la cazadora y me la puse. Era de mi talla. Miré a Gabriel y alcé una ceja. Casi como si le avergonzase, se revolvió el pelo con la mano.

—Te he comprado una, sabía que te rendirías tarde o temprano.

Iba a responderle, pero se anticipó levantando la mano.

—No digas nada, por favor..., escúchame ahora.

Me dio unos breves consejos de seguridad, me puso el casco y comprobó que estaba correctamente ajustado. Después se subió a la moto y me miró fijamente inclinando la cabeza a un lado.

—¿Sabes lo que tienes que hacer?

Rio. Di los dos pasos que me separaban del asiento. Apoyé una mano en su hombro y subí tras él.

—Ponte cómoda. Agárrate a mí si quieres. Y no lo olvides: sigue mis movimientos, déjate llevar y todo irá bien. ¿De acuerdo?

—Sí —dije.

Bajé la visera, Gabriel me guiñó un ojo antes de hacer lo mismo. Como me había aconsejado, apreté las rodillas contra sus muslos y me agarré a su cintura. Así era como me sentía más a gusto. Arrancó la moto: el ruido del motor me aterró, el calor que soltaban los tubos de escape me sorprendió y, antes de que tuviese tiempo de reaccionar, nos pusimos en marcha. Circulaba lentamente. Me sentía bien, segura. Me acurruqué contra su cuerpo. Al parar en un semáforo, me agarró la mano. La sostuvo hasta el momento de accionar el acelerador. Rodábamos deprisa. Cada vez más rápido. Atravesó los muelles del Sena. La moto zigzagueaba entre los coches. Yo me sentía embriagada por su cuerpo, la velocidad, la íntima convicción de que podría seguirle hasta el fin del mundo, de que nada importaba aparte de ese momento. Al detenerse de nuevo en un semáforo, levantó su visera. Le imité.

—¿Y bien?

—Más..., por favor.

La moto arrancó, durante ese paseo éramos un solo cuerpo, y quería aprovecharlo.

Tras experimentar los acelerones en la circunvalación y las curvas cerradas, me di cuenta de que se había hecho de noche. Un último zigzag entre los coches en el Boulevard Beaumarchais, y Gabriel aparcó la moto cerca de la Place de la République. Me hizo una seña para que bajase, y conseguí quitarme el casco sola. Mis miembros temblaban por la tensión a la que los había sometido durante esas dos horas largas de trayecto.

—Tengo hambre, vamos a cenar —me dijo.

—Muy bien.

Caminábamos uno al lado del otro por las calles de París, con el casco bajo el brazo.

—¡Eres una auténtica motera! —ironizó.

Respondí con un codazo en las costillas y aceleré el paso. Se echó a reír, me atrapó y me agarró del brazo.

—¿Adónde crees que vas? —me preguntó sin dejar de reír.

—Ni idea.

—Ven.

Dimos media vuelta para entrar en el Royal Kebab. Lo tenía todo: el indefinible olor a carne de cordero asada y ligeramente sospechosa, los carteles ajados, la guirnalda luminosa sobre la foto de una aldea, las viejas mesas de formica, los noctámbulos que llevaban dos días sin pegar ojo y la televisión transmitiendo un partido de fútbol. Me encantaba estar allí con Gabriel. De hecho, debía de ser un cliente habitual, porque saludó al dueño con una palmada en la espalda. Cuando este reparó en mi presencia, le guiñó un ojo y me dedicó un gesto con la cabeza. Gabriel se volvió hacia mí.

—¿Te parece bien?

—Me encanta. Te lo prometo.

Pareció aliviado. Le oí pedir su maxi-kebab con patatas, ensalada, tomate, cebolla y salsa samurái. El patrón me señaló.

—¿Y tu chavala, qué desea?

Gabriel me miró.

—Ponle uno sencillo sin cebolla.

—La chavala sabe lo que quiere —le corté.

El dueño se echó a reír, a la vez que Gabriel.

—Bueno, tía, no te pongas así. ¿Qué quieres?

—Uno normal, con ensalada, tomate y cebolla. Y quiero salsa blanca..., también en las patatas.

Sonreí. Sentía la mirada de Gabriel. Se inclinó ligeramente hacia mí y me dijo al oído:

—¿Te gusta comer?

—Mucho.

Silbó entre dientes. Le dejé en la barra hablando de deportes con el dueño y fui a sentarme. Estaba contenta de haber descubierto una cara suya que no era la de un arma de seducción masiva. Aquello no hacía más que reforzar su lado canalla; lo natural tomaba la delantera. Su desenfado me sentó bien: toda la presión de las últimas veinticuatro horas se había evaporado, me sentía liberada y libre. Yo misma, de alguna forma.

—La señora está servida —me dijo Gabriel dejando la bandeja de plástico rojo sobre la mesa.

—La señora le da las gracias.

Empezó a comer. Yo disfrutaba más viéndole devorar su kebab y chuparse los dedos para no perder ni una miga que comiéndome el mío. Parecía un niño. Yo acabé ahíta, y él se terminó lo que dejé. Satisfecho, contuvo un eructo. Me reí.

—¡Si Marthe te viese!

—Me haría picadillo, como cuando descubrió que me había hecho un tatuaje.

—Eres un malote hasta la médula, ¿eh?

—Sí, tengo un hermoso tatuaje.

—¿Y por casualidad no serán un par de alas en la espalda?

Por probar, que no quede. Arqueó una ceja.

—Versión ángel caído —me dijo.

Me reí mirando al cielo.

—Eres terrible.

Se echó hacia atrás en la silla y me miró fijamente.

—¿Por qué lo hiciste? —le pregunté.

—Fue mi crisis de adolescencia a los veinticinco años. Solo para hacerla rabiar.

—Pues yo no me atrevería a desafiar a Marthe —confesé.

—No lo hagas nunca. Incluso si ahora tienes más confianza en ti misma.

—¿Eso crees?

—Ya no eres la chica timorata que eras cuando llegaste.

—¿Y eso está bien?

—Muy bien. Resulta agradable comprobarlo. Siempre has sido guapa y femenina. En ese aspecto, nada que objetar. Pero ahora, cuando te veo caminar, avanzar, triunfar, tan segura de ti... Cada vez me cuesta más imaginarte en tu otra vida.

Gabriel suspiró.

—¿Te llevo? —propuso de repente; me costaba imprimir en mi mente sus palabras.

—Si quieres.

Nos levantamos y nos pusimos las cazadoras. Me despedí del patrón con un gesto, Gabriel fue a estrecharle la mano.

—¡Buenas noches, parejita! —exclamó en el momento en que cruzamos el umbral.

Mi corazón dio un salto. Gabriel se detuvo un instante. Y después nos dirigimos en silencio hacia la moto.

—¿Quieres que te ayude con el casco?

—Alguien me ha dicho que era una auténtica motera.

El ataque de risa disipó la pesadez de la atmósfera.

Habíamos llegado frente a mi casa. Bajé de la moto, me quité el casco y se lo devolví a Gabriel. Lo colocó a su espalda y también se puso de pie, a rostro descubierto.

—Ve a acostarte, tienes cara de sueño —afirmó.

—Es cierto, estoy cansada.

No podía evitar mirarle. Mis ojos brillaban. Lo sabía y me daba igual. Algo había pasado ese día, como cuando habíamos bailado. Habíamos subido un nivel más. Mi cuerpo actuó antes de dejar reaccionar a mi conciencia: me eché a su cuello. Sus brazos se cerraron sobre mí. Ay, Dios, nunca habría creído que pudiera sentirme tan bien. En mi lugar. Un lugar al que no tenía derecho. A menos que...

—Gracias, Gabriel... Gracias...

—De nada.

—Este día empezó de la peor de las formas y tú lo has cambiado totalmente, nunca sabrás hasta qué punto.

Estreché su cuello con más fuerza. Me besó el pelo y sentí escalofríos.

—Vete a dormir. Mañana todo irá mejor.

Le solté, di un paso atrás y sonreí. Se montó en la moto. Me volví por última vez antes de entrar en el patio del edificio. Seguía mirándome fijamente. Pensé que necesitaba reflexionar sobre mi vida, sobre mi futuro. Y seriamente.

8.

Al día siguiente, caminaba hacia el taller cuando sonó el teléfono. Pierre. Era la primera vez que daba señales de vida desde que nos habíamos separado la víspera. Respiré hondo antes de contestar.

—Hola —dije simplemente.

—¿Qué tal estás?

—No lo sé.

Me detuve en la calle, a dos pasos del *atelier*.

—No tengo disculpa por lo que te hice este fin de semana. Fui demasiado lejos.

—Pierre, estoy cansada..., cansada de luchar por nosotros dos..., cansada de repetirte siempre las mismas cosas.

—No me digas que es demasiado tarde.

Gabriel eligió ese momento para salir del edificio. Me vio, me sonrió y empezó a avanzar hacia mí. Me sentía partida por la mitad.

—Iris, por favor... —suplicó Pierre.

Negué con la cabeza para pedirle a Gabriel que no se acercase. Se detuvo y frunció el ceño. Le hice una seña de que todo iba bien. Pareció quedarse tranquilo, me lanzó un beso con la mano y después dio media vuelta para meterse en el taxi que le esperaba.

—No quiero perderte —me dijo Pierre con la voz quebrada.

—Estoy aquí —le respondí mientras miraba alejarse el taxi.

—¿Vienes el próximo fin de semana?

—Sí..., no..., espera... El viernes hay una recepción en casa de Marthe.

—¿Puedo ir contigo?

Temblé y empecé a caminar nerviosamente de
un lado a otro.

—¿Por qué?

—Quiero comprender, quiero ser testigo de
tu éxito. Quiero formar parte de tu nueva vida.

—Lo consultaré con Marthe.

—Te llamaré esta tarde después del trabajo.

—Si te apetece...

—Te quiero, Iris.

Colgó, y yo me eché a llorar.

Esa misma noche fui a cenar a casa de Marthe.
Sirvió algo frugal, cuidaba su línea. Y la mía, al parecer. Me daba igual, mi apetito se había esfumado tras
la llamada de Pierre.

—Querida, ¿qué les pareció tu vestido?

—Tuvo mucho éxito.

—¿Y tu marido? ¿Al menos lo apreció?

Me extrañó su tono sarcástico.

—Mucho..., sí..., mucho. Por cierto, ¿habría
algún problema si me acompañase el viernes?

Frunció el ceño.

—¿A qué se debe el honor? —respondió con
sequedad—. No tiene nada que hacer aquí.

—Pero...

—Te perjudicará y te distraerá de tu objetivo.

Se masajeó las sienes. Después se levantó precipitadamente y se puso a rebuscar en el cajón de la
mesita que estaba al lado del sofá. Sacó un tubo de
comprimidos, se tragó uno y me miró con dureza.

—No me gusta, Iris —dijo.

—Marthe..., así podría comprobar hasta qué punto me ayuda usted a triunfar.

—Ese hombre no comprende a los artistas, tienes que...

En ese instante, la interrumpió el timbre de su teléfono. Descolgó.

—Gabriel, querido..., ¿qué tal tus citas?

Se puso a andar por toda la sala, presa de una gran agitación.

—¡Es intolerable! ¡Compórtate! ¿Pero qué os pasa a los dos?... ¡Claro que hablo de Iris! Está aquí, estábamos pasando una deliciosa velada hasta que me ha hecho una petición que no me ha gustado nada... ¡No es asunto tuyo!... El problema debe estar solucionado el viernes, ¡no quiero verte antes!

Colgó y se acercó a mí sin dejar de mirarme. Una vez más, renuncié a sostener su mirada. Levantó mi cabeza por el mentón y me clavó los ojos.

—Le diré a Pierre que no venga —murmuré.

—¡Que venga! Nos las arreglaremos para que no obstaculice tu éxito.

—No..., yo...

—¡Ya basta! Vete a dormir, querida. Te espero mañana en el *atelier*.

Me soltó y pidió a Jacques que llamara a un taxi. Después desapareció sin decir palabra. Me sentí mal, no soportaba contrariarla, pero no entendía por qué la presencia de Pierre la ponía en tal estado. Y ¿qué había hecho Gabriel para que se enfadara tanto? Jacques volvió a buscarme diez minutos más tarde. No me había movido.

—Iris, su taxi la espera abajo. ¿Algún problema?

—Marthe...

—Sí, la he oído. No se preocupe, está muy cansada últimamente y más susceptible. Se le pasará. No tiene nada que ver con usted. Son esas migrañas, que le hacen sufrir terriblemente.

—¿Puedo hacer algo?

—Vaya a acostarse, mañana estará mejor.

Pierre estaba atrapado en el atasco. Acababa de avisarme, y se había deshecho en disculpas. Así pues, llegaría al cóctel de Marthe sin él. Durante la semana había adoptado una actitud más dulce y la llegada de mi marido ya no resultaba un problema para ella. No había dejado de decirme que, en el fondo, era maravilloso, que después de la velada él me animaría. Ya no sabía qué pensar.

Salí del estudio y subí a un taxi en dirección a su casa. No había visto a Gabriel en toda la semana y no habíamos hablado ni una sola vez por teléfono. Le había echado de menos, aunque esperaba que la distancia que habíamos impuesto hubiese aplacado mi turbación. Tenía miedo al efecto que tendría sobre mí la confrontación entre los dos hombres...

Al salir del taxi vi a Gabriel, que llegaba a pie. Vino a mi encuentro.

—Te he echado de menos —me dijo, besándome la mejilla.

—Tú y tu palabrería. Seguro que has estado muy ocupado.

Me abrió el portal. Después me puso una mano en la espalda y me empujó hasta el ascensor.

—Estás aún más guapa que de costumbre, espero que sea por mí. Podríamos escaparnos después de los saludos de rigor, conozco un...

—Gabriel —le interrumpí.

—Dime, Iris...

Ronroneaba.

—Pierre... Pierre viene esta noche.

Tras un segundo de reflexión, abrió la puerta del ascensor.

—¡Estupendo!

Una vez dentro, nos colocamos en esquinas opuestas, pegados a la pared.

—Por fin conoceré al matasanos. Interesante.

Nuestros ojos permanecieron clavados en el suelo durante todo el trayecto. Nada de sonrisas. Nada de risas. Al llegar al quinto, Gabriel acortó la distancia entre nosotros y levanté la mirada hacia él. Apartó un mechón de mi frente.

—Espero que se dé cuenta de la suerte que tiene.

Me temblaban las piernas. Salió del ascensor e hizo una entrada triunfal en casa de Marthe. Yo le seguí de cerca, completamente desencajada.

Para mi gran asombro, Marthe nos mantuvo a ambos celosamente a su lado. Algunos invitados comentaron que podíamos ser sus hijos, sus herederos. Ella respondía que éramos sus obras. A Gabriel le hacía gracia la situación. Yo me sentía aún más perdida. Ya no sabía qué quería de mí, qué esperaba. ¿Estaba haciendo teatro? ¿Era sincero?

—Me hubiese gustado tener una hermana pequeña como Iris.

—Y la habrías protegido de hombres como tú, querido —respondió Marthe.

—Por supuesto —confirmó Gabriel mirándome.

Las formas me obligaban a sonreír. En ese instante llegó Pierre, escoltado por Jacques hasta el umbral del salón.

—Perdonadme —dije.

Me fijé en mi marido mientras atravesaba la estancia. Por primera vez noté admiración en su mirada. Él también me impresionó. Irradiaba una seguridad que no tenía cuando se relacionaba con los otros médicos. Llegué a su altura y le besé discretamente.

—Me alegra mucho que estés aquí.

—Estás espléndida.

—Gracias, no hacía falta que te pusieses el traje.

—No quería avergonzarte.

Su sinceridad me estremeció.

—Nunca me hubiese avergonzado de ti.

Le tomé de la mano.

—Ven, tengo que presentarte a Marthe y a... Gabriel.

Avanzamos hacia ellos. Mi ritmo cardiaco se aceleró. Mis piernas parecían de mantequilla. Instintivamente, apreté la mano de Pierre. No debía tropezar, no debía mostrar mis nervios. Marthe nos observaba con frialdad. En cuanto a Gabriel, seguía igual, el mismo canalla despreocupado, con cierto aire provocador en la mirada.

—Marthe, le presento a Pierre, mi marido.

—Encantado —dijo mientras le daba la mano.

—Está usted aquí gracias a su mujer.

—Le agradezco que haya creído en ella... más que yo mismo.

Imposible permanecer indiferente ante aquel acto de contrición pública. Marthe le gratificó atravesándolo con la mirada.

—Podrá recuperar el retraso esta noche, querido.

Me armé de valor.

—Este es Gabriel.

Pierre se volvió hacia él. Se estrecharon las manos con fuerza. Ya estaba. Los tenía a los dos frente a mí. Mi corazón palpitaba, pero no sabía por qué ni por quién. Me esforcé en no compararlos. De todas formas, era imposible: eran exactamente lo contrario el uno del otro.

—Encantado de conocerte, Gabriel.

—Así que es verdad, Iris tiene un marido.

Se miraron fijamente. Me hubiera resultado imposible adivinar sus pensamientos.

—¡Queridos! —intervino Marthe.

Pasó un brazo por debajo del de Gabriel.

—Tengo que presentarte a alguien.

—¿A quién?

—Una nueva clienta de Iris, una abogada de empresa que sería bueno que conocieses.

Gabriel lanzó a Marthe una mirada desafiante, ella sonrió, yo tragué saliva. Después él se volvió hacia nosotros.

—Bueno, pareja, parece que tenemos trabajo. Divertíos.

Se alejaron y se dirigieron hacia esa nueva clienta. Soberbia. Falsamente tímida. Divorciada tres veces. A la cabeza de un gabinete de abogados. Admirada y temida por todos los hombres con los que se codeaba. Mi mentora se encargó de las presentaciones. Para mí fue como un salto en el tiempo, que me hizo revivir el momento en que conocí a Gabriel. Con la diferencia de que Marthe los dejó solos, y esa mujer pudo aceptar la copa de champán que él le ofrecía.

Llevaba un vestido estilo imperio de muselina negra. Mi vestido. Lo había diseñado para mí misma. Pensando en Gabriel, debía admitirlo. Lo había visto en su primera visita al taller, y había exigido uno igual. Yo había cedido. Le sentaba de maravilla con sus sandalias plateadas de tacón. La delicadeza del vestido suavizaba su lado valquiria. El ojo experto de Gabriel no se equivocaba.

Sentí el brazo de Pierre deslizarse por mi cintura. Le miré.

—Son..., cómo decirlo...

Buscó las palabras, lo que, para mi sorpresa, me hizo bastante gracia.

—De hecho, no sé qué decirte —prosiguió Pierre—, aparte de que no pensaba que pudieras estar tan a gusto con este tipo de gente.

Asentí, no podía decirle que gracias a ellos tenía por fin la posibilidad de mostrarme como realmente era.

—Entonces, dime, ¿todas estas mujeres llevan tus creaciones?

—Una parte, sí.

—Has triunfado..., estoy tan orgulloso de ti... Sabes que tienes clientes que te esperan en casa. Todo el mundo me ha parado en el hospital para conseguir tu número.

—¡Bueno! No esperaba causar tanta impresión en la boda.

—No puedes hacerte una idea...

Su rostro se ensombreció. Le besé en la mejilla.

—Ven, no vamos a quedarnos aparte.

—Te sigo.

Marthe me vigilaba con el rabillo del ojo, a distancia, y analizaba a Pierre centímetro a centímetro. Presenté a mi marido a bastante gente, a algunas clientas y sus esposos. Llegué a decir que era el médico de la fiesta, para darle un poco de oxígeno. No me lo dijo, pero supe por su expresión que me lo agradecía. Se mostraba distendido y locuaz. Seguía agarrado a mi cintura y se deshacía en atenciones, como al principio de nuestro matrimonio. ¿Estábamos de nuevo en el camino de la reconciliación? Quería creer en ello. Debía creer. Busqué a Gabriel con la mirada. Estaba en plena conversación con la misma mujer, susurrándole palabras cálidas al oído. Sabía cómo terminaría su velada. Ella no se negaría. Y él, según parecía, lo estaba deseando. No me tenía a mí para jugar a sus juegos, había dejado de ser la favorita. Mis ojos se empañaron, sentí un nudo en la garganta, me dolía el cuerpo. Tuve que echar mano de todo mi autocontrol para abstenerme de atravesar el salón y plantarme delante de aquella mujer para recordarle a Gabriel que yo existía. Sin embargo, debía entrar en razón. Era su vida. Y Pierre era la mía. Ya había elegido. Lo razonable.

—¿Estás bien? —me preguntó Pierre al oído—. Pareces ausente.

—Todo perfecto, solo estoy un poco cansada. ¿Nos vamos?

—Tú decides.

Fuimos a despedirnos de Marthe. En cuanto a Gabriel, intercambiamos una seña con la mano. Estaba muy ocupado.

Una vez en la cama, Pierre se acercó a mí y me besó. Llevaba tanto tiempo sin tocarme que mis senos reaccionaron inmediatamente a sus caricias. Notaba su cuerpo sobre mí, dentro de mí, pero mi corazón no estaba por completo conectado a él. Estaba más ocupada en luchar contra la intrusión de Gabriel en mis pensamientos. Hicimos el amor como dos personas que se conocen de memoria, de forma mecánica, sin pasión, sin emoción. Pierre me abrazó para dormirse. Y yo me tragué las lágrimas.

El fin de semana en París fue tranquilo. Paseamos de la mano por la Île Saint-Louis, donde cenamos el sábado. Al día siguiente, tras dar una vuelta por Notre-Dame, callejeamos por el barrio de Saint-Michel hablando de todo y de nada. Sin embargo, aquello estaba muy lejos de ser de color de rosa. Permanecimos en silencio durante mucho tiempo, como si no tuviésemos nada que decirnos, o como si la conversación pudiera derivar en algo peligroso. Hice un esfuerzo para no pensar en Gabriel.

El domingo después de comer, antes de que Pierre partiera unas horas más tarde, aprovechamos los rayos de sol primaverales tomando un café en una terraza cerca del jardín de Luxemburgo.

—Quería decirte algo —me anunció.

Había recuperado su seriedad habitual.

—Te escucho.

—Vuelve a casa, por favor.

Oí el tictac de un reloj en mi cabeza, e hice un rápido cálculo mental. Me removí en la silla y, a pesar del buen tiempo, sentí frío.

—Todavía me queda un mes y medio aquí.

—Escucha, lo he pensado bien, y después de lo que vi el viernes... Ya no estás estudiando, nunca lo has estado, de hecho. Eres la modista que siempre has querido ser, tienes clientas parisinas, pero también podrás tener muchas en casa. Me he dado cuenta desde la boda.

—Nadie me ha llamado.

—Porque no estás allí... Recuerda lo que habíamos hablado, ibas a instalarte en casa. He subido al desván esta semana, he pensado en reformarlo para que puedas recibir a gente. Además, nada te impedirá venir de vez en cuando a ver a Marthe y a sus clientas.

—¿Has venido aquí este fin de semana con la única intención de pedirme que vuelva a casa?

—No, estoy aquí porque te echo de menos. Hace una semana que no paro de pensar, de preguntarme cómo hemos llegado a este punto. Es todo culpa mía. Antes no quería escucharte, eso se ha terminado. Hiciste bien en asustarme en la boda, no quiero perderte. Fue un shock. Pero si no estás en casa no conseguiré demostrarte que he cambiado mis prioridades, y que tú y nuestra futura familia sois lo que más cuenta.

—Nuestros problemas no van a arreglarse por arte de magia solo porque yo vuelva antes de lo previsto.

—Lo sé, pero danos una oportunidad, dame una oportunidad... ¿Qué es lo que te retiene aquí ahora?

La tentación. Sentí un nudo en la garganta. Agradecí en mi fuero interno que mis gafas de sol escondiesen las lágrimas que intentaban brotar.

—Nada, tienes razón.

—Y además vamos a tener un hijo, será más fácil si pasamos todas las noches juntos.

Suspiré y miré a mi alrededor, sin distinguir nada. Lo había conseguido. Era costurera. Pierre volvía a su lugar y luchaba. Debía decidir si cerraba mi paréntesis parisino.

—No quiero que volvamos a vivir separados... ¿Y tú?

—Sabes bien que no puedo volver esta noche —le anuncié sonriendo—, tengo asuntos que arreglar antes.

Pierre tomó mi mano y la estrechó con fuerza.

—Te esperaré.

Al día siguiente me levanté temprano. Tenía una dura jornada por delante. Debía terminar algunos pedidos y comunicar a Marthe mi cambio de opinión. Nunca había arrastrado tanto las piernas de camino al taller. Desde que Pierre se había marchado, sentía un nudo en el estómago. Que se apretó mucho más cuando vi a Gabriel bajar de su moto.

—¿Qué haces tú aquí a estas horas? —preguntó.

—Podría hacerte la misma pregunta.

—No conseguía dormir, así que mejor venir.

—¿Quieres que tomemos un café antes de entrar a trabajar?

—Si te apetece.

Entramos en la cafetería más cercana. El delicioso olor a cruasán fresco me dio náuseas. Elegí una mesa cerca de la ventana, para evadir la mirada, y me instalé en la banqueta. Pedí un café largo, y Gabriel un expreso. Escuché los ruidos de la vajilla, de la cafetera, de páginas de periódico pasando. Llegaron nuestras tazas.

—¿Has pasado un buen fin de semana con Pierre?

Escucharle pronunciar el nombre de Pierre, como si se conocieran, como si se apreciasen, me desconcertó.

—Pues..., sí..., de hecho, hemos hablado mucho y...

Clavé mi mirada en la suya.

—Me vuelvo a vivir a casa inmediatamente.

Se acomodó en la silla y cruzó las manos detrás de la cabeza.

—Ya está..., todavía te oigo decirme —hizo el gesto de las comillas con los dedos—: «Solo estoy aquí por seis meses».

Sonreí.

—Y tú me respondiste: «En seis meses pueden pasar muchas cosas».

—Han pasado rápido, ¿verdad?

—Sí.

Miró por la ventana. Se hizo un largo silencio.

—Es la decisión correcta.

Recibí el golpe en pleno corazón.

—¿Lo crees de verdad?

—Sí, no sé nada de la vida en pareja, pero me imagino que si quisiera a una mujer... no querría vivir lejos de ella. Además, tu vida está allí, siempre lo ha estado.

—Sí...

—¿Cuándo te vas?

—No lo sé..., dentro de unos días, creo. Tengo que decírselo a Marthe... ¿Cómo crees que se lo va a tomar?

—No te preocupes por ella, ¿de acuerdo?

—Es más fácil decirlo que hacerlo.

—Lo sé.

Miró su reloj.

—Tengo que irme.

—Ve, no llegues tarde por mí.

Se levantó, sacó un billete de su bolsillo y lo dejó sobre la mesa.

—Avísame cuando te vayas, iremos a tomar una copa.

—De acuerdo —susurré.

Cuando se marchó, suspiré con fuerza, aliviada porque ya estaba hecho, pero terriblemente entristecida por su frialdad y la distancia que acababa de poner entre nosotros. No me había equivocado la otra noche en casa de Marthe. Había sido un capricho momentáneo, incluso si me había dejado entrever a ese otro hombre que había detrás del seductor. Había sido muy claro, era la decisión correcta, mi marcha no le afectaba demasiado. Si me quedaba me convertiría en una carga para él. En resumidas cuentas, iba a recuperar mi vida de mujer casada y fiel hasta el final, y Gabriel se iría alejando lentamente. «No habrá sido más que un flechazo», pensé para tranquilizarme.

No conseguí hablar con Marthe hasta el final de la tarde. Me invitó a subir a su casa. Febril, me dirigí al quinto piso con un mal presentimiento. Esperaba que el vestido que aprovechaba para entregarle suavizase su reacción. Me abrió Jacques. Fui incapaz de devolverle la sonrisa. Recorrí el largo pasillo, con mis tacones arañando el parqué. El silencio me agobiaba. Marthe estaba leyendo, levantó la cabeza cuando entré en el salón.

—Querida, ¿cómo estás?

—Muy bien, gracias.

Me balanceé de un pie al otro.

—¿Qué haces? No te quedes de pie.

Coloqué el vestido cerca de ella. Puso un marcapáginas en el libro, lo dejó en la pequeña mesa auxiliar y acarició el tejido sonriendo. Obedecí y me senté en el sofá frente a ella.

—Estabas rara al teléfono, Iris. ¿Qué te pasa?

—Yo... yo... Recordará que no vine aquí más que para unos meses.

Su rostro se ensombreció.

—Efectivamente, pero eso ya no tiene importancia. Nunca la ha tenido.

El tono afilado de su voz me heló la sangre.

—Marthe..., nunca he tenido la intención de instalarme definitivamente aquí.

—¡Eso es falso! Tu marido ha comprendido que te escapabas, te ha pedido que vuelvas, y tú cedes como un perrito dócil. Estás poniendo tu carrera en peligro.

Se levantó y empezó a dar vueltas por el salón, presa de la mayor agitación.

—Pensaba que darías la talla, que eras brillante. No has aprendido nada de mis lecciones. Eres débil. Dejas que los hombres dicten tu conducta.

—Pero es mi marido, me echa de menos y yo le echo de menos...

—¡No le echas de menos cuando estás conmigo! —me espetó.

Se masajeó las sienes con una expresión de dolor. Debía tranquilizarla, hacer algo, demostrarle que no la abandonaba.

—Volveré a menudo, para trabajar con usted, recoger encargos...

—¡Pobre idiota! —gritó.

Me encogí. No la vi acercarse a mí. Me agarró del brazo y me puso en pie, atravesándome con la mirada.

—¡Sal de mi casa!

Su voz sonó como un latigazo. Un sonido metálico, aterrador. Continuaba agarrándome del brazo.

—Sé consciente de que este ha sido tu último día en el *atelier.*

Mi respiración se aceleraba por momentos.

—Pero mis encargos...

—¡Ya encontraré a alguien más competente que tú! ¡Mira lo que hago con tus trapos! ¡No valen nada!

Me soltó de golpe y cogió el vestido que acababa de entregarle. Sus manos finas, en apariencia tan frágiles, se lanzaron sobre la muselina. Marthe desgarró el vestido con una fuerza que nunca le hubiese imaginado. Jamás olvidaré el sonido del tejido rompiéndose. Cuando no quedó nada, me tiró el despojo a la cara.

—¡Me has matado! —gritó, y salió de la habitación sin mirar atrás.

Por entre la bruma de mis lágrimas, seguí su silueta con la mirada, magnífica, orgullosa y herida. ¿Qué acababa de hacer? Me quedé paralizada un buen rato, de pie en la sala. Por fin, Jacques se acercó a mí.

—Tiene que marcharse, Iris.

—No...

—Sus ataques de cólera son impresionantes, los conozco. Se acabó. Y... me ha pedido que devuelva las llaves del *atelier* y... la agenda de contactos.

Se deshacía de mí como de un trapo viejo.

—¿Necesita entrar de nuevo allí?

—Eh... no.

—Por favor, Iris.

Tanteé mi bolso en busca de lo que me había pedido. Mis manos temblaban tanto que terminé tirando todo el contenido al suelo. Por fin encontré el llavero y la agenda que contenía los números de teléfono de todas mis clientas. Jacques los tomó delicadamente de mis manos y me ayudó a recoger el resto. Me sostuvo para levantarme y me escoltó hasta la salida. Al llegar al pie de la escalera, vi una pila de ropa amontonada. Todo el guardarropa que había confeccionado para Marthe. Oí un grito seguido de un portazo. Nunca volvería allí. Había pasado de ser la protegida a ser persona non grata. Todo iba demasiado deprisa. Jacques me ofreció una sonrisa de consuelo.

—Vuelva a su casa, Iris. Recupere su vida allí donde la dejó antes de que Marthe la aceptara en el *atelier*.

Sollocé, y Jacques cerró la puerta en silencio. Mi mente ya no funcionaba cuando llamé al ascensor, monté y salí del edificio. Estaba en la calle. Volví a la cafetería de por la mañana, me senté en el mismo lugar y pedí un vodka con tónica.

Todavía aturdida, cogí el teléfono para llamar a Pierre. Encantado, me anunció que no trabajaría al día siguiente para estar conmigo.

Hubiera querido llorar, pero era incapaz. Estaba atontada, abatida, y sumida en la mayor de las incomprensiones. Lo único que tenía claro era que volvía al redil. Mi aventura con Marthe había terminado de la peor manera posible. Encontrar aquella mentora había sido un acontecimiento excepcional en mi vida. Perderla por mi culpa me producía un dolor más allá de lo imaginable. Con unas pocas frases asesinas, me había quitado todo lo que me había dado: mi confianza en mí misma, mi talento, mi pasión, una nueva vida, una madre espiritual. ¿Qué iba a ser de mí sin ella, sin sus consejos, sin su mirada, con el recuerdo de su odio? Lo había dado todo esos últimos meses con la única intención de agradarla, de no decepcionarla, y lo había mandado todo a paseo para salvar mi matrimonio. De nuevo me había convertido en «nadie».

Solo me quedaba una cosa por hacer. Enviar un mensaje: «Me voy». Gabriel me respondió de inmediato: «¿Marthe?». «Sí.» Mi teléfono empezó a sonar.

—¿Dónde estás? —me preguntó sin más preámbulos.

—Donde me dejaste esta mañana.

—¿Cuándo te marchas?

—Mañana. Me voy a hacer las maletas.

Hubo un gran silencio, hasta que él reaccionó.

—No te quedes ahí, ve a preparar tus cosas y nos vemos para cenar.

—Seguramente tienes cosas mejores que hacer...

—Cállate.

—No me hables así, ya he tenido bastante con Marthe.

—Perdona. Nos vemos en el portal de tu casa dentro de dos horas, ¿vale?

—Como quieras.

Pagué mi consumición y salí. Una última mirada a la fachada que tanto me había impresionado el primer día. Y que seguía impresionándome el último.

Me llevó poco tiempo hacer las maletas. No tenía más que ropa y el material de costurera aficionada con el que había llegado. Pasé el aspirador para que no pensaran que no había limpiado y dejé todo listo. Me duché sobre todo para limpiarme por dentro. Permanecí mucho tiempo bajo el chorro de agua. No habían pasado ni veinticuatro horas y toda mi existencia cambiaba una vez más. Estaba atrapada en una espiral que me devolvía a mi vida anterior. Para Pierre existía de nuevo. Ya no existía para Marthe, y al día siguiente tampoco existiría para Gabriel. La costura sería la única prueba de que esos meses habían existido. ¿Cómo podría continuar sin el apoyo de Marthe? ¿Cómo seguir cosiendo cuando era consciente de que ella despreciaba mi trabajo? Ella, que era la única que había creído en mí. Debía triunfar para demostrarle que el tiempo que me había consagrado no había sido en vano, que no olvidaba lo que le debía, pero que también era capaz de volar con mis propias alas. Sin Pierre, sin sus exigencias, ¿alguna vez me habría separado de ella?

Me arreglé con sumo cuidado, pensando solo en él: estar guapa para él una vez más. Con un poco de suerte, quizás no desaparecería del todo de su memoria. Me puse una falda de tubo y una blusa negras. Me subí a mis lujosos tacones de aguja una última vez. No tendría ocasión de llevarlos en casa. Me alisé el pelo, lo dejé suelto a mi espalda, y me maquillé. Me puse el impermeable de tela y cuero negro y me ajusté el cinturón. Me miré en el espejo. Estaba lista para despedirme.

Gabriel me esperaba, con los brazos cruzados, apoyado en su moto. No se inmutó cuando me acerqué a él, erguida, con los hombros hacia atrás. Cuanto más se reducía la distancia entre nosotros, más se buscaban nuestras miradas.

—Temía encontrarte hundida, pero estás...

Me miró de arriba abajo. Le quité la palabra.

—Quiero aprovechar esta última velada. Así que nada de lamentar mi suerte ni hablar de ello. ¿Adónde vamos?

—Sígueme.

Caminamos en silencio un cuarto de hora hasta que llegamos a un acogedor restaurante, de ambiente tranquilo e íntimo, cerca del museo Picasso. Se escuchaba un tenue fondo musical: jazz brasileño, Stan Getz y Gilberto Gil. Gabriel pidió una botella de champán y me anunció que el menú ya estaba reservado: foie gras sin florituras, acompañado simplemente de confitura de higos, vieiras y, de postre, crema catalana.

—He tenido tiempo de observarte durante estos meses y, solo por los canapés, ya conozco tus platos preferidos.

Me reí y me ruboricé a la vez. Gabriel levantó su copa.

—¿Por qué brindamos?

—Por nosotros.

Los minutos pasaron inexorablemente. Habría querido detener el tiempo, habría querido quedarme en aquel restaurante, no separarme nunca de Gabriel. Sus miradas no engañaban, me apreciaba, y eso me sentaba bien, y también mal. No tenía elección. La botella iba vaciándose, poco a poco pero de manera constante. La embriaguez era suave, relajante. No conseguíamos mantener una conversación. Nos cruzábamos sonrisas fugaces, eso era todo. De pronto, uno de sus comentarios me desconcertó.

—No olvides anunciármelo —me dijo con una media sonrisa.

—¿Anunciarte qué?

—Pronto te quedarás embarazada, como es lógico.

—No sé..., quizás.

Los rasgos de su rostro se volvieron serios.

—Te sentará bien, sea quien sea el padre.

Sentí una punzada en el vientre.

—No me digas esas cosas, por favor.

—Vale, vale... Y después, tendrás un perro.

—¡Qué tópico!

—Lo que cuenta es que seas feliz y que sigas diseñando y cosiendo. Continúa haciendo lo que has hecho aquí. Al diablo lo que Marthe haya podido decirte.

—Es lo que tenía previsto.

Pero no creía en ello. Pidió la cuenta, pagó. Y después me miró.

—¿Vamos?

Un nudo comenzó a formarse en mi garganta. Me limité a asentir con la cabeza. Gabriel me ayudó a ponerme el impermeable. Me abrió la puerta, como de costumbre.

La distancia que nos separaba de mi casa disminuía. Caminábamos hombro con hombro. A cada paso tenía que hacer esfuerzos para no llorar. Me hubiera gustado decirle tantas cosas... Me hubiera gustado que supiese lo que provocaba en mí, incluso si no tenía derecho a ello. Me hubiera gustado decirle que no me olvidase. Gabriel fue el primero en romper el silencio.

—Me voy a aburrir mucho ahora en los cócteles.

—Oh, te conozco, pronto encontrarás otro entretenimiento. No me preocupas.

Ya le imaginaba en medio de su corte.

—Eres incapaz de contenerte, tú mismo lo dices —añadí, mirándole.

—Contigo era divertido ser desobediente.

Me guiñó un ojo.

—Aquí termina mi servicio de leal caballero, hemos llegado a tu destino.

Allí estábamos. Ya. Delante del portal. Frente a frente. Gabriel me sonrió, yo no tenía fuerzas.

—Me parece que vamos a pasar un tiempo sin vernos —constató.

Sacudí la cabeza. Él ya no sonreía, ya no reía.

—Iris, yo...

Se revolvió el pelo con la mano.

—Te echaré de menos —le corté—. Más de lo que imaginas.

Fue más fuerte que yo, me derrumbé en sus brazos. Me acurruqué contra su cuello, contra él, contra su piel. Me abrazó con fuerza y hundió su cara en mi pelo.

—No quiero dejarte —murmuré.

—Lo sé...

Se irguió, y yo me solté. Tomó mi rostro entre sus manos. Eran suaves. Puse las mías sobre las suyas y las acaricié. Con el pulgar, secó mis traicioneras lágrimas, que brotaban solas, y sopló suavemente sobre mi piel para apartarme el pelo. Sonrió con tristeza.

—Habría estado bien, incluso muy bien —dijo.

—Eso creo.

Suspiró y me miró a los ojos.

—Hemos conseguido robar momentos extraordinarios, que no podíamos ni imaginar..., pero también sabemos que lo nuestro es imposible. Tú tienes tu vida y yo la mía. Ambos tenemos bastante suerte, cada uno en su estilo.

Me volvió a estrechar entre sus brazos. Hundí de nuevo mi rostro en su cuello para impregnarme de él, de su perfume.

—Iris, tienes que irte. Si no, va a ser imposible.

Le solté, apoyó su frente contra la mía. Nos miramos a los ojos. Nuestra respiración se aceleró. Gabriel posó sus labios sobre los míos unos segundos. Me estremecí de pies a cabeza.

—Solo me llevo el sabor de tus labios.

Volvió a hacerlo, y yo presioné mi boca contra la suya. Él puso fin a nuestro casto beso.

—Vuelve con tu marido.

Me aparté de él.

—Gabriel, yo...

—Chiss...

Abrí la puerta, le miré por última vez y entré en el patio. Ya sola, apoyé la espalda contra la puerta. Acababa de dejar una parte de mí sobre la acera. Gabriel golpeó la hoja y la madera tembló. «Dios mío, haz que se vaya —pensé—, o no aguantaré». Tras unos segundos que me parecieron una eternidad, la moto arrancó. Y Gabriel se alejó a toda velocidad.

Pasaron cinco minutos antes de que me decidiera a caminar hacia el ascensor, tambaleándome. Estaba ebria de tristeza; el sentimiento de desastre, de culpabilidad, me daba vértigo. Me sentiría partida por la mitad el resto de mi vida. La Iris de Pierre. La Iris de Gabriel. Dos hombres, dos amores. Me reiría en las narices del que me dijera que no se puede amar a dos personas a la vez. Sí, era perfectamente posible. Salvo que no se ama de la misma forma. El amor de Pierre era rutinario, tranquilo. El de Gabriel, un amor explosivo, en la cuerda floja, un amor de lo desconocido. Sus labios no me habían aportado el sentimiento de seguridad que me proporcionaban los de Pierre. Me habían hecho vibrar como ignoraba que fuese posible, y apenas los había probado.

Ya en mi estudio, me deshice de los zapatos y me acosté sin desvestirme. Me hice un ovillo. Lloraría toda la noche si fuera necesario por mi amor perdido, mi amor imposible. Al día siguiente, al despertar, guardaría a Gabriel en lo más profundo de mi corazón. Guardaría cuidadosamente su recuerdo, los momentos vividos a su lado. Algo así como un tesoro.

9.

Tal como habíamos acordado, Pierre me esperaba en el andén de la estación a la mañana siguiente. Cogió mis maletas para ayudarme a bajar del tren. Después me estrechó entre sus brazos. Tanta efusividad en público no era su estilo.

—Me siento tan feliz de que estés aquí —me dijo antes de observarme un buen rato—. Pareces cansada...

Me pasé la mano por el pelo.

—Ayer me acosté tarde.

—¿La última velada parisina?

—Exactamente. ¿Vamos a casa?

Al llegar, descubrí un enorme ramo de rosas en el salón. La casa estaba impecable; cada cosa en su sitio. Aquello me dejó indiferente. Le di las gracias a Pierre con un beso y subí a deshacer las maletas. No me siguió. Mis ojos se llenaron de lágrimas, que rodaron por mis mejillas. Me sequé el rostro para borrar las marcas. Respiré hondo, y miré a lo alto. No había nada que hacer. Cada vez brotaban más deprisa, con más fuerza. Oí a Pierre subir la escalera. Entré precipitadamente en el cuarto de baño y me rocié la cara con agua fría.

—¿Qué quieres que hagamos hoy? —preguntó al llegar.

Le volví la espalda y alcancé una toalla.

—No lo sé —respondí con una voz ligeramente ronca y disimulada por el paño.

—¿Quieres preparar el desván? ¿Descansar? ¿Tomar el aire?

Debía calmarme cuanto antes.

—Tomar el aire. Es buena idea. Mañana me ocuparé de los preparativos. Aprovechemos el día juntos...

Mientras seguía dándole la espalda, me obligué a sonreír y me convencí de que todo iría bien y seríamos felices.

De pie en el umbral, hice una seña a Pierre, que se marchaba en coche al hospital para su jornada laboral. Esperé a que desapareciese y entré. Estaba sola. En silencio. Necesité más de una hora para recoger la mesa del desayuno y hacer la cama. Después de haber remoloneado todo lo que podía, ya no encontré más excusas, no me quedó elección. Subí al desván. Pierre había tenido el detalle de airear la estancia, no había el menor olor a cerrado. Me senté ante mi vieja compañera. Tendría que acostumbrarme, ya no contaba con una supermáquina profesional como en el taller. Permanecí en la misma postura durante toda la mañana, sin posar siquiera las manos sobre la Singer.

A mediodía, bajé a la cocina a hacerme un bocadillo. Mientras me lo comía, le eché un vistazo al teléfono: ni una sola llamada, ni un solo mensaje. Se acabó Marthe. Se acabaron las clientas. Se acabó Gabriel.

Por la tarde, logré espabilarme. Si quería coser, necesitaba telas, no retales viejos. El batacazo vino al constatar la diferencia entre el almacén de

Marthe y la oferta de Retales Toto. Pensé que le había cogido el gusto al lujo y al refinamiento demasiado rápido. Acabé encontrando algunas telas correctas y volví a casa.

Al día siguiente, llamé por teléfono a Philippe. Quería saber qué había pasado con los pedidos que había dejado pendientes. No me respondió, y lo mismo pasó con las chicas. Para alejar mis posibles remordimientos, busqué en la guía los teléfonos de mis clientas; ninguna aparecía.

Las tres semanas siguientes fueron las más largas de toda mi vida. Empezaba la jornada dejando un mensaje a Philippe, en vano. No volví a intentar ponerme en contacto con las chicas, no quería crearles problemas con Marthe. Todo el mundo me había dado la espalda. Recibí las llamadas de algunas amigas que necesitaban que les subiera un bajo o un arreglo después del embarazo. Nada trascendente. Cuando las animaba a venir para mostrarles los modelos que podía ofrecerles, se excusaban dejándolo para más tarde: «Cuando se presente la ocasión, acudiré a ti», decían.

Pensaba continuamente en lo que me había dicho Marthe una vez: «¿Crees sinceramente que vas a sentirte realizada subiendo dobladillos y cosiendo faldas rectas para ancianas toda la vida?».

Como una *desperate housewife,* contaba las horas que faltaban para que volviese Pierre. Le recibía siempre con una sonrisa en los labios. No tenía nada que reprocharle. Era como si se hubiera librado de todos sus defectos y hubiese decidido convertirse en otro hombre: nunca llegaba a horas intempestivas; si tenía alguna guardia me avisaba lo antes posible, y se limitaba a realizar las obligatorias; y me hacía publicidad entre sus colegas y las enfermeras. Los fines de semana los pasaba en casa conmigo. Planeaba vacaciones y escapadas. Y hablaba cada vez con más insistencia de nuestro futuro bebé. Yo no tenía ganas de quedarme embarazada por el momento, pero me lo guardaba para mí y retrasaba el día de dejar la píldora. Sentía que me observaba. Sobre todo por la noche, cuando veíamos la televisión y no teníamos nada que decirnos. Cumplía de nuevo con su deber conyugal. Sin embargo, cada vez que hacíamos el amor debía luchar contra mis recuerdos: pensaba en Gabriel. Hasta tal punto que en el momento del orgasmo nunca sabía si era el cuerpo de Pierre o el recuerdo de Gabriel y de sus labios lo que desencadenaba mi placer. Gabriel... Aunque en realidad no me quedaba nada de él. Era como si nunca le hubiese conocido, como si nunca hubiera formado parte de mi vida. Las pocas veces que salía a pasear por la ciudad, si me cruzaba con un hombre perfumado con Eau Sauvage, aspiraba su estela, buscando reavivar su imagen desesperadamente. Todas esas veces me sentía estúpida. Revivía nuestra escena de despedida centenares de veces. Y llegaba a una única conclusión: no había hecho nada para retenerme.

Aparte de Gabriel, echaba de menos toda mi vida en París. La adrenalina de los pedidos, el ruido del taller, las chicas, las máquinas, las clientas que reían y charlaban, las recepciones, las inauguraciones, los trayectos en taxi, los zapatos vertiginosos. Y a Marthe. Ya no sabía coser sin ella. Ella me había descubierto. Era mi inspiración. Y me lo había quitado todo de nuevo.

Me derrumbé una tarde al volver Pierre. Me encontró llorando delante de la máquina de coser. El desván estaba patas arriba: trozos de tela dispersos por todas partes, pruebas de vestidos tiradas por el suelo. Nada acabado. Nada conseguido.

—Iris, por Dios, ¿qué ha pasado? —me dijo, precipitándose hacia mí.

—No puedo hacer nada, no lo consigo —respondí sollozando.

—¿Marthe no te envía pedidos?

No había querido contarle lo que había pasado, pero esta vez no tenía elección.

—Me echó.

Omitiendo su parte de responsabilidad en el asunto, expliqué a Pierre que todo había terminado.

—¿Y ese Gabriel? ¿No puede hacer algo por ti?

—No —le respondí sencillamente.

—Te lo dije desde el principio, te avisé, no puedes confiar en esa gente. Hiciste todo lo que te pidieron y mira cómo estás ahora.

Me abrazó y me estrechó con fuerza. Después se pasó la tarde intentando animarme, buscando ideas para darme a conocer. Me repitió lo mucho que creía en mí, que me apoyaba y que, un día u otro, me abriría camino.

Esa noche salimos. Estábamos invitados a una cena en casa de unos amigos. Me había arreglado mientras esperaba a Pierre. Arreglarse era mucho decir: simplemente había cambiado mis Converse por unos zapatos de salón vergonzosamente bajos para el gusto de Marthe. Cuando Pierre pasó a buscarme, y una vez sentados en el coche, me transmitió su extrañeza.

—Pensaba que ibas a aprovechar para ponerte una de tus maravillas.

—No es más que una cena en casa de unos amigos. No me iba a poner de gala.

Suspiré y miré por la ventanilla. No había gran cosa que ver, era noche cerrada.

—Querida...

Levanté la mano para hacerle callar.

—Te lo he dicho cientos de veces, no me llames más así, por favor.

—¿Por qué?

«Porque Marthe me llama, me llamaba, así.»

—Ya te lo he dicho, pareces tu padre.

—¿«Mi amor» te parece bien?

Le miré y le dediqué una sonrisa que yo sabía triste y decepcionada.

—No te pega nada.

Acabábamos de llegar ante la casa de nuestros anfitriones. Puso una mano en mi mejilla.

—Estoy preocupado, pareces triste.

—Todo va bien, no te preocupes.

—Piensa en otra cosa, por favor. Recupera tu sonrisa. Esa mujer va a acabar contigo. Existes sin ella, tenías talento antes de conocerla; te ha ayudado, es cierto, pero sabes coser sola. Y tu vida está aquí, conmigo.

—Te lo prometo.

La velada fue agradable, pero yo no era más que un adorno y lo sabía. Volvimos a casa en silencio. Se palpaba la inquietud de Pierre, y también su creciente incomodidad.

Al día siguiente decidí ponerme las pilas. Pierre no se merecía lo que le estaba haciendo sufrir desde mi regreso. Había vuelto a casa porque yo lo había decidido, porque deseaba vivir con él, para salvar nuestra pareja. Había elegido ser razonable. Y, al contrario que él, que había sabido cuestionarse —hasta exageraba un poco—, me había quedado estancada. Es más, retrocedía. Estaba en un estado aún más lamentable que en los mejores tiempos de mi trabajo en el banco. Mi deber ahora era demostrarle que me sentía feliz junto a él, en casa, que me había convertido en una luchadora. Borré de un plumazo mi aventura parisina; le anunciaría que iba a dejar de tomar la píldora. No podía retrasarlo más tiempo.

Me bastó esa mañana para confeccionar un bonito vestido negro. Encontré la inspiración sola. La segunda etapa fue la cocina: hice una escapada a la carnicería, a la pastelería y a la frutería, y preparé un *carpaccio* de buey, su plato preferido. Después, me encerré en el cuarto de baño. Repaso total: depilación, exfoliado, limpieza de rostro. Me convertiría en una mujer fatal para mi marido, me pondría la lencería más delicada que Marthe me había comprado, liguero incluido. Estaba orgullosa de mi trabajo del día: el vestido era perfecto, sobrio, discreto. En un golpe de inspiración, me calcé los *stilettos*. Me obligué a pensar que no traicionaba a Gabriel. Yo tenía mi vida, y él la suya. Últimos detalles: puse una coqueta mesa con la vajilla del ajuar, encendí velas, serví el vino en una jarra de cristal. No faltaba más que Pierre.

Oí cómo su coche se detenía delante de la casa. Fui a encender la cadena de música y puse el nuevo álbum de Lana Del Rey. En esos últimos tiempos escuchaba sin cesar «Summertime Sadness». Pasaron cinco minutos, y Pierre todavía no había entrado. Salí por la puerta de la cocina, que daba al jardín. Percibí su silueta en la penumbra: estaba hablando por teléfono. Esperaba de todo corazón que no le estuvieran llamando desde el hospital para una urgencia. Todos mis planes se irían a pique y dudaba de mi capacidad para volver a empezar. Algo dentro de mí sabía que esa velada era la última oportunidad. Necesitaba saber si había hecho la elección correcta, si estaba en el lugar adecuado... Tenía que estar completamente segura. Avancé discretamente y oí la voz de mi marido.

—Claro que te echo de menos... Es culpa mía... Tenía que haber parado esto desde el principio, hace un año..., sin hacerte esperar... No pude...

Había oído mal. Seguro que era eso. ¿Con quién y de qué estaba hablando?

—Sé que estábamos bien... No..., nunca te dije que fuera a dejar a Iris.

Me puse la mano en la boca. Me subió la sangre a la cabeza. Me tambaleé.

—Tira las cosas que he olvidado en tu casa... No creo que pueda ir a recuperarlas... No, es mejor que no nos veamos más... Sería demasiado duro... Ahora tengo que colgar... Yo también te quiero... Eso no cambia nada...

¿Por qué no me había tapado los oídos? No quería haber oído aquel horror; esas palabras que ya no me decía y que yo me había prohibido pensar con Gabriel. Me dirigí a trompicones al interior de la casa. Tuve que recuperar el aliento apoyada en el marco de la puerta. Después caminé hasta la cocina tanteando la pared. Mi vía crucis me llevó hasta la encimera. Sentí una migraña espantosa. Tenía la impresión de que me daban martillazos en el cráneo.

Mis ojos miraban al vacío, me faltaba el aire, la rabia me cortaba la respiración.

—Perdóname, amor mío, estaba hablando con el hospital.

Se acomodó a mi espalda y puso sus manos sobre mi vientre. Las escruté con desconfianza. ¿Cuántas veces habían tocado el cuerpo de otra? ¿Y era a mí a la que quería dejar embarazada? Todos esos últimos meses, ese último año, había creído que el hospital era mi enemigo, que era su amante; pero su amante era de carne y hueso. Todas las veces que le había pedido que estuviera más pendiente de mí me había humillado, haciéndome pasar por una idiota que buscaba problemas donde no los había. Él se lo había pasado en grande mientras yo luchaba con todas mis fuerzas contra mis sentimientos hacia Gabriel, para permanecer en el buen camino, para serle fiel. Me besó en el cuello. Sentí ganas de vomitar.

—¿Estás bien? —preguntó.

Asentí con la cabeza. Tenía miedo de empezar a hablar, miedo de no poder parar.

—Estás muy guapa esta noche. ¿Celebramos algo?

—Sí —conseguí articular.

Pensé que debía encajar el golpe, continuar con el espectáculo unos minutos más. Para ver hasta dónde era capaz de llegar. Me solté de él y evité su mirada.

—¿Pasamos a la mesa?

—Encantado —respondió sonriendo, y me besó en la frente.

No comía. No bebía. Le miraba fijamente. ¿Cuánto tiempo iba a tardar en darse cuenta de que algo no iba bien? Por su voracidad, parecía que le gustaba mi *carpaccio*. Que le aprovechase, porque iba a ser el último. Terminó levantando la nariz de su plato.

—¿No comes? ¿No te encuentras bien?

—No, hay algo que tengo atravesado en la garganta.

Frunció el ceño.

—¿Tienes un problema?

—Sí.

—¿Puedo ayudarte?

Me eché a reír. Un auténtico ataque de risa. Y después, de golpe, empecé a llorar. Estaba a punto de estallar.

—Iris, pero ¿qué te pasa?

Se limpió la boca antes de acercarse a mí. Quiso apoyar una mano sobre mi hombro.

—¡No me toques con tus sucias manos!

Me levanté de un salto y clavé mis ojos en los suyos. Él retrocedió, se quedó blanco, apretó los puños y emitió un largo suspiro.

—Joder —dijo.

—¿Eso es todo lo que se te ocurre decirme?

—No... eh... Se ha acabado, te lo prometo... Sé que he cometido una estupidez.

—¡Una estupidez! —grité—. ¡Una estupidez que ha durado más de un año!

—No me lo puedo creer, lo has escuchado todo...

—Eres increíble... Ni siquiera intentas negarlo... ¡Eres un cabrón! ¿Cómo he podido ser tan estúpida? Tragándome todas tus trolas, que si el hospital, que si los enfermos, y tú mientras largándote a ver a tu zorra.

Le empujé. Él no se defendió.

—Perdóname.

—¿Me tomas por imbécil? —volví a golpearle—. No tienes perdón. Me das asco, tú y tu educación de mierda. ¡Qué listos, los católicos practicantes!

Cuando me fui a París ya lucía un bonito par de cuernos, te debió de venir muy bien que me fuera. Podías tirarte a tu amante cuando quisieras sin tener que buscar excusas. ¡Joder! ¿Por qué no me dejaste entonces?

Su silencio me dio ganas de matarle.

—¡Ni siquiera sabes qué responder! Pues lo voy a hacer yo en tu lugar. No me dejaste porque eres un cobarde, no tienes huevos. Te preocupa tu reputación. El atractivo médico de carrera ascendente que engaña a su mujer no queda bien en tu currículum. Además, pensaste también en tus padres, tan orgullosos de su hijo. ¿Qué pensarían de ti si se enteraran? Así que el cabrón que eres prefirió cargarme a mí con la culpa, reírse en mi cara delante de todo el mundo con lo de la costura, hacerme pasar por la idiota de turno. Seguiste traicionándome para tu placer y tu comodidad. ¡Porque eres un cobarde!

Las palabras salían de mi boca como escupitajos. Me desplazaba furiosa a lo largo de la habitación, a derecha e izquierda, de forma totalmente inconexa, como un león enjaulado. Nunca había sentido tanta violencia dentro de mí. Pierre se agarró la cabeza con las manos, hasta casi arrancarse el pelo.

—Perdóname, por favor.

—¡Se acabó todo! —grité.

Levanté los puños, los apreté. Quería volverle a pegar, hacerle daño.

—Déjame que te compense.

—¡Acabas de destrozarme la vida!

Me había quedado sin aliento a fuerza de gritar. Tenía que echar fuera el odio, la decepción.

—He renunciado a mi carrera con Marthe por ti, he renunciado a esa vida que adoraba en París. Lo he perdido todo por tu culpa.

—Lo sabía...

Había recuperado algo de su soberbia, se permitió incluso una risa sarcástica.

—Te has acostado con Gabriel, ese amante de primera.

Le abofeteé con todas mis fuerzas.

—Te prohíbo que hables de él en ese tono —escupí—. Me ha respetado más que tú todos estos meses. Sí, habría podido acostarme con Gabriel. Pero no lo he hecho, porque todavía te quería, porque quería creer en nosotros, y él... él lo respetó.

Pierre parecía atónito.

—¿Te extraña?

—Cuando fui a París vi cómo te miraba, y a ti no te reconocía. Para mí quedó claro: ese tipo era tu amante.

Sentí náuseas.

—Me das pena. ¡Pensaste que me estaba acostando con otro y me pediste que volviera a casa! No tienes ningún orgullo. ¡A menos que te hayan puesto de patitas en la calle!

Vi lágrimas en sus mejillas. No sentí ninguna lástima por él.

—En la boda comprendí que te estaba perdiendo, y que tú eras la mujer de mi vida... —suspiró—. Cuando te dejé al día siguiente, fui a romper con ella.

—¿Y quieres que te lo agradezca?

—Y después, cuando te vi con él, pensé que estábamos en igualdad de condiciones, que nos habíamos salido los dos del camino, pero que podríamos arreglar las cosas juntos.

—¿Cómo puedes creer que lo que has hecho tiene arreglo?

Dejé caer los hombros. Me sentí invadida por una intensa sensación de hastío.

—No sé por qué me engañaste... Por sexo, por aburrimiento o porque ya no te gustaba... De hecho, me da igual. Hace mucho tiempo que nuestro matrimonio es una farsa.

Eché un vistazo a la esmerada mesa que había puesto, soplé las velas y me dirigí a la escalera.

—Iris, ¿qué haces?

Corrió hacia mí, me agarró del brazo y me obligó a volverme hacia él. Le fulminé con la mirada.

—Voy a dormir en el desván; a ti te dejo la cama, porque imagino que la has traído aquí.

Su silencio lo decía todo. Me solté de golpe de su mano.

—Mañana me voy.

—No puedes...

—Claro que puedo. Ahora puedo. Me has devuelto mi libertad.

—¿Te vas a casa de tus padres?

Me eché a reír. Una risa nerviosa, malvada. Si no lo era ya, me convertiría en una paria para ellos. Desde hacía unos minutos ya no tenía familia, definitivamente.

—¡Te has vuelto completamente idiota!

—¿Te vas con ese gigoló? —insistió.

—Eso no te incumbe.

Llegué al piso superior. Ya no sabía dónde estaba. Ni dónde vivía. Nunca me había sentido tan sola en toda mi vida. Un voyeurismo morboso me impulsó a mi pesar a entrar en nuestro dormitorio. Me quedé inmóvil delante de la cama. Sentí una primera náusea. Luego una segunda. Tuve el tiempo justo de llegar hasta el baño. La acidez de la bilis no hacía más que aumentar la sensación de dolor. Sí, me dolía en lo más profundo de mi ser. Después de vomitar, me miré en el espejo. No era un bonito espectáculo.

Me desmaquillé, volví a nuestro —su— dormitorio y saqué las maletas del armario. Pierre estaba allí, con el rostro desencajado, mudo. Amontoné mis cosas en desorden, cerré las maletas y las puse en el pasillo. Volví al cuarto de baño y me encerré allí. Me duché y después me puse unos vaqueros y un jersey. Al salir vi que Pierre no se había movido, estaba paralizado. Pasé ante él sin decir palabra, subí al desván y me acurruqué en un viejo sofá. Me pasé toda la noche llorando. Me sentía humillada, traicionada y extremadamente estúpida. Tenía que haber sospechado que el nuevo Pierre era falso. Yo había mirado hacia otro lado. No había querido ver lo evidente. Había preferido refugiarme en mi caparazón y en la seguridad de un matrimonio que ya no existía, pero que era la única cosa que conocía. ¿Qué mejor excusa que seguir las costumbres —costumbres que detestaba— para evitar arriesgarme de verdad?

Al día siguiente me encontraba tan aturdida que para bajar las maletas las empujé a patadas por la escalera hasta la planta baja. Luego las arrastré hasta la entrada. Descubrí a Pierre sentado en el suelo contra la puerta, con los ojos enrojecidos por las lágrimas. Esa noche había envejecido diez años. Yo debía de estar en las mismas condiciones. Pedí un taxi para que me llevara a la estación y lo esperé apoyada en la pared de la entrada al lado de quien ya consideraba mi exmarido.

—No te vayas... Te quiero, Iris.

—Eso tenías que haberlo pensado antes.

—Ya no me quieres, ¿verdad?

—No, y no es algo de ayer, simplemente me negaba a aceptarlo.

—Y a él, ¿le quieres?

Alcé la mirada para disimular las lágrimas.

—Respóndeme.

Le miré fijamente. Las imágenes de cómo nos conocimos, de nuestra boda, de los últimos momentos que habíamos pasado juntos se mezclaban con los instantes vividos junto a Gabriel. Sabía con quién había sido feliz y verdaderamente yo misma en los últimos meses. Si no me hubiese enterado de que Pierre me engañaba, habría podido conformarme con aquella vida insípida, falsa, y renunciar a Gabriel. Habría renegado de mí misma. Pero ya no.

—Sí, le quiero.

Oí un claxon.

—Déjame pasar, ya está aquí el taxi.

Se levantó y se apartó. No luchaba. Pedí ayuda al taxista para llevar mis maletas y después volví a acercarme a Pierre. Nunca había dado importancia a mi alianza ni a mi anillo de compromiso, en realidad esas cosas me daban igual, eran tradiciones de Pierre y de su familia, y el sueño de mis padres. Pero en aquel instante pesaban un quintal en mi dedo, y me dolían. Me los quité, agarré la mano de Pierre y los dejé sobre su palma. Una última mirada y subí al coche.

Horas más tarde, estaba sentada discretamente al fondo de la cafetería frente al edificio de Marthe. No estaba lista para enfrentarme a Gabriel y a su probable rechazo. ¿Cómo se tomaría el hecho de que volviera tras descubrir el adulterio de Pierre? El instante de nuestro adiós había sido intenso, pero yo me había ido, le había vuelto la espalda. Y, una vez más, recordaba aquella frase que me atormentaba: «Vuelve con tu marido». Al fin y al cabo, él tampoco había luchado por mí. A pesar de que la moto no estaba, esperé hasta que cayó la noche. Vi a todos sus empleados marcharse uno tras otro. Cuando no quedó luz alguna que iluminara el primer piso, me armé de valor. Me echaría a los pies de Marthe si era necesario, para que volviese a aceptarme.

Delante del portal recé con todas mis fuerzas para que no hubiesen cambiado el código. La señal acústica me arrancó una risa nerviosa. Dejé mis maletas en el hall, entré en el ascensor y subí hasta el quinto. Me disponía a jugarme la vida en los próximos minutos. Una vez arriba, dudé unos segundos antes de llamar. No había ensayado un discurso. Mi dedo apenas pulsó el timbre. La puerta se abrió y apareció Jacques.

—¿Qué hace usted aquí, Iris? —me preguntó susurrando.

—Eh...

Empecé a llorar.

—¡Responda, se lo ruego!

¿Por qué parecía tan asustado?

—Marthe..., quiero ver a Marthe.

—Eso es imposible.

Tenía un aire triste.

—Dígale al menos que estoy aquí, por favor.

—¿Pero qué sucede?

No había sido el mayordomo quien había hecho esa última pregunta, sino aquella voz lánguida que tanto me turbaba. El sonido de sus tacones de aguja desencadenó un nuevo torrente de lágrimas.

—Marthe..., es...

—Iris, ¿qué haces aquí?

Nos miramos. Era aún más bella y escultural de lo que recordaba.

—Ya te dije que...

Se interrumpió bruscamente, su mirada afilada me escrutó. Para ella debía de ser la viva imagen de la decepción: mal vestida, sin peinar, sin maquillar y en deportivas.

—Marthe..., por favor..., perdóneme. Tenía razón desde el principio, debí escucharla.

Me miró fijamente unos segundos. Me estremecí de miedo, de cansancio.

—Entra.

Alargó la mano hacia mí, yo le di la mía sin dejar de mirarla. Me derrumbé en sus brazos, la cabeza sobre su pecho. Sosteniéndome contra ella, me guio por el pasillo. De pronto, se detuvo. Con su mano libre, me levantó el mentón.

—Querida, te quedarás conmigo esta noche.

—No tengo otro sitio adonde ir.

—Te instalarás aquí. Pero... ¿no has traído maletas?

—Las he dejado abajo, por miedo a que no quisiera saber nada de mí.

—Vaya a buscar las cosas de Iris —ordenó a su mayordomo—. Y prepare la habitación de invitados.

—¿Cuál?

—¡Pero bueno, Jacques! —se exasperó Marthe—. ¡El antiguo dormitorio de Gabriel! Dese prisa, hay que darle a Iris algo de comer.

—No se molesten —les corté—, comeré más tarde o mañana.

—Querida, a partir de ahora me obedecerás, es por tu bien.

—Gracias —murmuré sollozando.

Me guio hasta la mesa del comedor. Me senté. Ella se instaló enfrente de mí. Iba a abrir la boca para explicarle el giro de los acontecimientos...

—Después —ordenó.

Jacques debía de tener el don de la ubicuidad. Diez minutos más tarde, me trajo un plato de ensalada. Sirvió a Marthe su ginebra y le ofreció su boquilla, que encendió. Yo comía bajo su atenta mirada. Cuando terminé, se levantó.

—Te voy a enseñar tu habitación.

—Muy bien.

La seguí y, por primera vez, descubrí el piso superior de su dúplex. Se detuvo ante una puerta cerrada.

—Esta es mi habitación —me informó.

Fuimos hasta el final del pasillo.

—Esta es la tuya.

Entré en lo que iba a convertirse en mi dormitorio. Una estancia con las paredes claras y una gran cama cuya ropa era de un blanco inmaculado. Y, como en cada pieza, pesadas cortinas de terciopelo negro. Mis maletas habían sido deshechas. Cada uno de mis vestidos, cada par de zapatos había encontrado su lugar en el gran vestidor. Hasta mi ropa interior estaba ordenada. Había un caos tal en mi cabeza que ni se me ocurrió sentirme incómoda. Mi último descubrimiento: el cuarto de baño, de una modernidad y una sobriedad notables. «Un cinco estrellas con todo incluido», me había dicho él. Ese detalle, lejos de ser insignificante, me venía entonces a la memoria.

—¿Ha dicho que esta era la habitación de Gabriel?

—Hace mucho tiempo...

—¿Cómo está?

—Como siempre, querida. Gabriel es incorregible. Me agota.

—¿Qué hace?

Sentí miedo. Miedo de descubrir una realidad de la que no formaba parte.

—En los últimos tiempos no para quieto,
ya no aguanto tener que ir detrás de él consolando a
amantes despechadas. Le he enviado a visitar a algunos clientes extranjeros con la esperanza de que eso
le calme...

Me lo imaginaba en brazos de otras mujeres.
Me dolía, porque había tocado con la punta de los
dedos, como en un sueño, la sensación de pertenecer-
le, de ser suya; porque comprendía que ninguna mujer tenía el poder de arrebatarle el corazón.

—¿Qué te pasa, querida? Te has puesto pálida.

—Estoy agotada.

—Acuéstate.

Se acercó a mí, rozó delicadamente mi mejilla
con sus labios y me dejó sola. Entré en el cuarto de
baño titubeando. Me apoyé en el lavabo, estaba des-
figurada. Me contenté con cepillarme los dientes.
A modo de pijama, me dejé las bragas puestas y me
puse una vieja camiseta de tirantes.

A pesar de todo, caí como un tronco. Pero ese
sueño reparador no duró mucho tiempo. Hacia las
dos de la mañana me desperté de pronto, con un ataque de desesperación. Sollocé bajo el edredón un
buen rato. La lamparita de noche se encendió. Saqué
la cara de la almohada y descubrí a Marthe, en pijama
de seda negro, de pie, a mi lado. Me sequé las mejillas
con la palma de la mano.

—No quería molestarla —me disculpé, incorporándome ligeramente.

—Yo duermo muy poco.

Se sentó cerca de mí, se apoyó en el cabece-
ro de la cama y acarició mi pelo con un gesto deli-
cado.

—No es difícil imaginar lo que te ha hecho tu marido. No te canses contándome algo tan triste. Te permito esta noche de debilidad. Después, no quiero oír hablar de ello.

¿Cómo decirle que no lloraba por culpa de Pierre sino porque me daba cuenta de que me había hecho demasiadas ilusiones con respecto a los sentimientos de Gabriel? Levanté los ojos, ella me sonrió. Me armé de valor para acercarme, pasé mi brazo alrededor de su cintura y me abracé a ella. Olía bien, un perfume fuerte, embriagador, sensual. Su mano descendió por mi cuello y se posó sobre mi espalda. Sentí su caricia a través del algodón.

—¿Qué va a ser de mí?

—Te convertirás en una mujer independiente y poderosa.

—Soy incapaz de eso.

—No volverás a cuestionarme jamás. Yo sé lo que es bueno para ti. Aléjate de los hombres, solo juegan con las mujeres, se aprovechan de nosotras y de nuestros cuerpos.

—Pero usted dijo que Jules....

—Los hombres como Jules ya no existen, tienes que hacerte a la idea. No tendrás esa suerte. Pero te enseñaré a servirte de ellos, a utilizarlos para tu placer y a controlar tus sentimientos.

Mi cuerpo se contrajo. No tenía fuerzas para eso, sobre todo frente a Gabriel. Me abracé a Marthe con más fuerza. La seda era suave. Mi rostro se elevaba al ritmo de su respiración.

—Duerme, querida. Duerme, yo cuidaré de ti.

Me desperté sola. ¿Cuánto tiempo me había estado acunando Marthe? Imposible recordarlo. La pena había acabado llevándome al limbo del sueño. Sonaron golpes en mi puerta.

—Entre —dije, incorporándome.

Jacques entró en la habitación con una bandeja en las manos.

—¡Buenos días, Iris, el desayuno!

—Gracias, no era necesario.

—Órdenes de la patrona —me respondió con una gran sonrisa.

Dejó la bandeja sobre la mesa. Cuando ya iba a salir, se volvió hacia mí.

—Me ha encargado decirle que vendrá a buscarla dentro de veinte minutos, espera que esté usted duchada y con el albornoz puesto.

—Muy bien.

Estaba atándome el albornoz cuando llegó Marthe. Llevaba uno de los primeros modelos que le había confeccionado: un traje con chaqueta cruzada azul marino. Al final no lo había tirado todo.

—Querida, tienes mejor cara.

—Gracias por lo de esta noche.

Levantó la mano.

—Ya te lo dije, considera que no es más que agua pasada.

Se dirigió al vestidor y examinó su contenido unos segundos. Sacó una falda negra entallada, un jersey con cuello de pico y un abrigo de entretiempo del mismo color.

—Ponte esto. Tenemos cita dentro de una hora con mi abogado para arreglar tu divorcio. He encargado a Jacques que instale tus enseres de trabajo en una habitación vacía aquí mismo.

—Puedo volver al *atelier*, ¿sabe?

—No, no estás lista. Esas pavas te aburrirían continuamente con sus preguntas.

Cuarenta y cinco minutos más tarde, salimos del edificio para meternos en un taxi. Marthe me agarraba del brazo. No tenía la menor pretensión de llegarle a la altura del tobillo. Sin embargo, el parecido se volvía asombroso. Yo era tan morena como ella, íbamos vestidas de manera similar, con los mismos zapatos, y ambas nos escondíamos detrás de unas gafas de sol de marca. Y caminábamos de la misma forma. Ella, de modo natural; yo, gracias a sus lecciones. Si no por clones, podían habernos tomado por madre e hija. A esas horas, la mía habría ya renegado de mí, así que tendría que aprovechar la benevolencia de Marthe.

Su abogado me anunció que emprendería las disposiciones necesarias para obtener el divorcio con rapidez, de forma amistosa —ya que tal era mi deseo, a pesar del espíritu vengativo que Marthe intentó insuflar en mí— y sin que tuviese más que firmar unos documentos y presentarme el día de la vista.

Los días que siguieron me devolvieron una cierta rutina. Dedicaba la mayor parte del tiempo a trabajar, de forma constante, seria y convencida. Estaba preparando mi primera colección de otoño-invierno. A mediodía, picoteaba en la cocina en compañía de Jacques —era nuestro pequeño secreto—, ya que Marthe comía siempre fuera por sus distintas actividades. Esas pequeñas pausas me enseñaron algo más de él: trabajaba desde las siete de la mañana hasta las nueve de la noche para ella, vivía a dos calles de allí —alojados él y su familia por Marthe—, y llevaba en ese puesto más de veinte años. Traté de sacar partido a la situación, pero me di contra un muro: no respondía a ninguna pregunta sobre su patrona. A pesar de la frustración, respeté esa prueba de honestidad y lealtad, y no saqué más el tema. Al final del día, si necesitaba aprovisionarme de materia prima, bajaba al taller, pero únicamente cuando estaba desierto. Marthe se reunía allí conmigo, con mis bocetos en la mano. Pasábamos largo rato discutiendo sobre la calidad de los tejidos. Cenábamos con frecuencia en restaurantes, siempre las dos solas. Y cuando volvíamos, nos instalábamos cada una en un sofá del salón para leer. A menudo me distraía su manera de observarme; levantaba la cabeza y la sorprendía mirándome. Luego era yo quien bajaba los ojos la primera, incómoda ante tanta atención: sabía que me estaba analizando en detalle. Sostuve tensas conversaciones telefónicas con mis padres, y sobre todo con Pierre, después de que recibiera noticias del abogado. No aceptaba que pusiese fin a nuestro matrimonio con tanta prisa. Por consejo de mi mentora, dejé de responder a sus llamadas. No dejaba de pensar en Gabriel y en el instante en que volveríamos a vernos, en su reacción. Prefería no confiárselo a Marthe, pues las raras veces en que yo había pronunciado su nombre se había crispado de forma inexplicable.

Pero el tiempo se me hacía largo, y ese oasis de paz que había representado el apartamento de Marthe a mi llegada se iba transformando en una jaula dorada. Aparte de ella y de Jacques, no trataba con nadie. Estaba como en cuarentena. Y a pesar de que los primeros días había saboreado el descanso que me procuraba Marthe pensando y decidiendo en mi lugar, aquello empezaba a pesarme, a devolverme una imagen de niña pequeña que creía haber dejado atrás.

Llevaba más de dos semanas viviendo en casa de Marthe. Estaba sentada delante de la máquina de coser cuando ella entró en mi pseudotaller. Caminó tranquilamente hacia mí, me puso una mano en el hombro y me apartó el pelo. Me rozó el cuello. Sus caricias eran cada vez más frecuentes e invasivas. Aquella nueva intimidad me incomodaba.

—¿Qué tal te ha ido el día?

—Muy bien, he avanzado con su vestido.

Me levanté y me acerqué al maniquí donde estaba colocado el vestido.

—Está perfecto, lo llevaré mañana.

—¿Mañana?

—He decidido organizar un cóctel. Para celebrar tu vuelta, todo el mundo te verá y eso te volverá a dar a conocer.

Si no hubiese sido porque no quería parecer desagradecida habría lanzado un suspiro de alivio. Pero de pronto me invadió la angustia. ¿Vendría Gabriel? ¿Habría vuelto de su viaje? ¿Estaría al corriente de mi presencia? Marthe me cogió del mentón y lo alzó.

—¿En qué estás pensando, querida?

—Eh... en nada... Bueno, sí, debe usted probarse el vestido, tiene que estar perfecto.

Esbozó una pequeña sonrisa.

—Lo estará, como tú.

Adoptó una expresión enigmática, me agarró por el mentón y me atrajo hacia ella, puso sus labios en la comisura de los míos y los dejó allí lo que me pareció una eternidad. Después se alejó. En el momento de salir, se volvió y me sostuvo la mirada. Tuve la impresión de estar desnuda.

—Te quedarás sola esta noche, hoy ceno fuera. Nos veremos mañana.

Salió. Y me quedé petrificada en el sitio, perturbada, incluso asustada. No me había gustado ese gesto que parecía cariñoso. Había sido un beso.

10.

Cuando bajé a desayunar, me encontré atrapada en la efervescencia de los preparativos de la velada. Nunca había asistido a ellos desde dentro. En otro contexto, habría apreciado pasar la jornada observando, pero no tenía muchas ganas de fiesta. Me invadía la angustia, me roían los nervios y la turbación no me abandonaba desde el día anterior. No me gustaba la sensación de desconfianza que me inspiraba Marthe. Durante la noche no había dejado de aumentar, sin que consiguiese racionalizarla. Esperaba que su actitud en el cóctel me demostrase que había interpretado mal su gesto. Y cuanto antes mejor. En caso contrario —me negaba a pensar en ello— no tenía ni idea de cómo reaccionar. Me llevé una decepción al llegar a la cocina, cuando Jacques me informó de que, según su costumbre, ella se ausentaba la mañana de la recepción. A él le entregué pues el vestido, como la primera vez. Me pasé el resto del día parapetada entre mi dormitorio y mi taller.

Las ocho de la tarde. Esperaba a los primeros invitados. Marthe no había dado señales de vida. ¿Vendría Gabriel? ¿Habría llegado ya? Acababa de terminar de maquillarme y peinarme, mi cabello recogido en un moño bajo. Vestida únicamente con el tanga, me acerqué al vestidor y lo abrí. Primer suspi-

ro, me calcé los *stilettos.* Segundo suspiro, saqué de
la percha mi vestido rojo. Tercer suspiro, me lo
puse. Y último suspiro, me observé en el espejo. Si
mi memoria no me engañaba, Gabriel nunca me
había deseado tanto como cuando había asistido
a la sesión de prueba de ese vestido. Mi única esperanza, mi única ilusión, era despertar su interés
y su atracción por mí. En cuanto al futuro, ya ve-
ríamos...

Estaba lista. Salí de mi cuarto y atravesé el pasillo para bajar al salón. Jacques se hallaba al pie de la
escalera. Me sonrió amablemente al verme.

—Iris, es usted la mujer más hermosa de la
velada.

—Gracias, Jacques, pero sabe usted tan bien
como yo que eso es falso.

—La está esperando...

—Voy.

Inspiré profundamente.

—Si necesita algo esta noche, ya sabe dónde
estoy —me dijo.

Sonreí a modo de agradecimiento. Después
avancé hacia lo que yo consideraba mi gran vuelta a
la civilización.

Cuando entré en el gran salón, varias cabezas
se volvieron hacia mí. Algunos invitados, visiblemente desconcertados por mi presencia, tardaron un
poco en responder a los saludos que les enviaba. Como si estuviesen delante de una resucitada. Gabriel
brillaba por su ausencia. Sentí la mirada de Marthe
sobre mí antes incluso de verla y avancé hacia ella. Sonreía, victoriosa; había recuperado a su alumna. Me
coloqué frente a ella y permanecimos unos segundos
mirándonos. Después se acercó y rozó mi mejilla con
sus labios.

—Perfecta, como te había dicho.

—Gracias, Marthe.

Retomamos nuestras costumbres. Yo buscaba en cada uno de sus gestos, en cada una de sus palabras, un significado, una indicación que pudiera haber pasado por alto. Ella me agarraba del brazo y yo la escuchaba hablar con sus invitados. Nada anormal. No tomé la palabra más que a la hora de proponer citas para mostrar la nueva colección. Hasta ahí nada fuera de lo normal...

Una antigua clienta manifestó su impaciencia.

—¿Qué día puedo pasar por el taller?

Balbuceé y miré a Marthe. Iba a pedirle autorización, como una niña.

—¿Puedo volver a trabajar?

—Por supuesto, querida, el *atelier* es tuyo.

No disfruté de aquella maravillosa noticia. Gabriel acababa de hacer su entrada en el salón. De lejos, lo encontré más delgado; en todo caso, su rostro parecía más enjuto. Había algo diferente en él. Ya no era el alocado que conocía, su seductora desenvoltura había desaparecido. Mi respiración se aceleró. Mi cuerpo se dirigió imperceptiblemente hacia él. Oí la voz de Marthe como surgida de la bruma.

—¡Iris!

—Perdón, disculpe, yo...

Tuve la impresión de despertarme y me acordé de la clienta.

—Esto... decía usted... Ah, sí... Pásese la semana próxima, así tendré tiempo de volver a instalarme en el *atelier*. Estaré encantada de recibirla.

Lancé una mirada a Marthe, parecía furiosa. Me encogí.

—Recta, erguida —silbó entre dientes.

Cerré los ojos dos segundos antes de enderezarme. Marthe retomó la conversación con una naturalidad desconcertante. Y, de pronto, oí una voz ronca. Al menos en eso no había cambiado.

—Marthe, pero...

Se interrumpió al descubrirme a su lado.

—Gabriel, querido, ya pensaba que no ibas a llegar nunca.

Me sujetaba el brazo con firmeza. Sus uñas se clavaron en mi carne hasta hacerme daño. Sostuve la mirada de Gabriel. Me observó de arriba abajo y advirtió el modo en que Marthe me agarraba. Sus mandíbulas se tensaron, apuró de un trago su copa de champán y esbozó una sonrisa irónica.

—¿Iris ha vuelto entre nosotros para esta velada?

—Querido, has estado tan ocupado estos últimos tiempos que no he tenido ocasión de decírtelo: Iris se ha instalado en tu antigua habitación, vive conmigo desde hace dos semanas.

Palideció, abrió los ojos un poco más y después sacudió la cabeza. Cuando volvió a mirarla, cada uno de sus rasgos demostraba el control del que era capaz.

—Siempre has tenido grandes proyectos para ella, debes de estar encantada.

—Ya me conoces...

—Incluso demasiado.

—Iris —se volvió hacia mí—, es un placer.

¿Por qué sonaba tan falso? La dureza de su mirada, la tensión de su cuerpo me decían todo lo contrario.

—Gabriel..., yo...

—Perdonadme, me están esperando.

Nos volvió la espalda, agarró al vuelo una copa de la bandeja de un camarero y se marchó al balcón.

Solo. Para no aumentar la cólera de Marthe sobre mí, me recuperé y puse buena cara.

Durante más de una hora fingí ignorar a Gabriel. Por fin, Marthe bajó la guardia. Pude moverme entre los invitados libremente. Cuando entablaba conversación, respondía con un sí o un no, y me reía cuando veía carcajearse a los demás. Toda mi atención se centraba en Gabriel. Se había quedado en el balcón, plantado cerca del ventanal abierto. Bebía copa tras copa, sin dejar de mirarme con expresión sombría. Nunca me había parecido tan peligroso como entonces, su expresión era oscura, depredadora. Inclinaba la cabeza, observando mis piernas, y después sus ojos ascendían por todo mi cuerpo. Si una mujer se acercaba a solicitar su atención, la mandaba a paseo. De vez en cuando, buscaba a Marthe con la mirada.

Aquella tensión se hizo insoportable. Me escapé y fui a refugiarme a la cocina. Jacques supervisaba el servicio. No hizo comentario alguno. Me serví un vaso de agua del grifo, bebí un trago y lo vacié en la pila. Me abaniqué la cara con las manos.

—Vuelvo adentro —murmuré.

Apenas había dado unos pasos por el pasillo cuando Gabriel se materializó ante mí como por encanto. Sus ojos estaban inyectados en sangre, el sudor salpicaba sus sienes, tenía un aspecto descuidado.

—¿Por qué has vuelto?

Transpiraba cólera.

—No te preocupes, no voy a correr detrás de ti, ya he comprendido...

Franqueó los dos pasos que nos separaban y me empujó violentamente contra la pared. Su boca rozó mi sien, mi mejilla, mis labios. Su aliento apestaba a alcohol. Jadeaba, y yo también.

—No deberías haber vuelto.

Su voz temblaba de rabia.

—¿Por qué?

—Porque esta vida no es la tuya.

—¿Y si quiero vivir esta vida?

—¡Joder!

Dio un puñetazo en la pared. Me sobresalté y cerré los ojos.

—¡No sabes lo que significa eso!

Hablaba cada vez más alto.

—¿Qué pasa?

Jacques había salido de la cocina. Se colocó detrás de Gabriel y puso una mano sobre su hombro.

—Sería mejor que te marcharas, hijo —le dijo—. Este no es el lugar, y mucho menos el momento.

Una oleada de tristeza e inquietud cubrió el rostro de Gabriel. Se separó de mí con presteza. La pared impidió que me derrumbara. Se acercó a Jacques.

—Impídele que haga daño —le dijo.

—Haré lo que pueda.

Jacques dio una palmadita en la espalda de Gabriel y le condujo con firmeza hasta la salida.

—No te vayas —murmuré.

Tenía la impresión de estar volviéndome loca. ¿Qué había querido decir?

—Ahora debe volver a la fiesta —me dijo Jacques, a quien no había visto acercarse.

Totalmente alelada, levanté la mirada hacia él.

—Marthe se inquietará si desaparece demasiado tiempo —respondió a mi pregunta muda.

—Pero Gabriel... no está bien. No puedo dejarle así.

—Es fuerte. Empeoraría las cosas siguiéndole esta noche.

—Jacques, ¿por qué cree que yo podría hacer daño?

—Él no se refería a usted.

Asentí con la cabeza y fui a ocupar de nuevo mi lugar entre los invitados. Me crucé con la feroz mirada de Marthe.

Los invitados iban marchándose. El miedo se insinuaba como un veneno, tenía sudores fríos. Cuando no quedó nadie, Marthe envió a Jacques a su casa. Percibí la mirada inquieta que me lanzó antes de salir. En mi interior todo mi ser gritaba: «¡Lléveme con usted, no me deje sola con ella!». El silencio me asfixiaba. Con la mayor naturalidad posible, me dirigí a la escalera: debía escapar de ella lo más rápidamente posible.

—Voy a acostarme, Marthe, estoy cansada. Gracias por esta noche, tenía usted razón, las clientas están encantadas.

No tuve tiempo de apoyar el pie en el primer escalón.

—¡Quédate aquí!

Su voz cortaba como una cuchilla. Me sobresalté. Me encogí y cerré los ojos.

—¡Mírame!

Obedecí. Su belleza se había vuelto macabra. La blancura de su tez, sus labios rojo sangre, su mirada negra.

—¿Desde cuándo eres la amante de Gabriel?

—Nunca lo he sido.

—Eres una niña mentirosa.

—No, se lo juro. Nunca he hecho el amor con él.

—¡Hacer el amor! ¡Qué ineptitud!

Lanzó una carcajada diabólica. Después, una máscara de frialdad incomparable se extendió por su rostro.

—Solo has venido aquí por él. Me estás utilizando.

—¡No es verdad! Quería volver a estar con usted... Significa mucho para mí..., pero...

—¿Pero qué?

—Estoy... Estoy enamorada de Gabriel... Le amo desde el primer día que le vi.

No vi llegar la bofetada. Aunque debería decir el golpe, por su violencia. Me zumbaron los oídos. Me llevé la mano a la mejilla, mi boca se llenó de un regusto metálico, las lágrimas brotaban de mis ojos. Me pasé un dedo por los labios: estaba sangrando. La miré y sentí pánico. La furia la embargaba. Respiraba agitadamente y en sus pupilas dilatadas yo no percibía más que odio y demencia. Se estaba conteniendo, pero ¿por cuánto tiempo?

Me di la vuelta y empecé a subir la escalera. En el tercer escalón, sentí una mano helada agarrarme la pierna y tirar: tropecé, caí de rodillas y me arañé los brazos. De mi boca escapó un grito de dolor.

—¡Zorra! —gritó Marthe—. Quédate aquí, es una orden.

Me debatí, le di una patada con el talón, me dolió hacerle daño, pero conseguí soltarme y subir lo que quedaba de escalera a cuatro patas. Corrí por el pasillo.

—¡No escaparás! —exclamó Marthe detrás de mí—. ¡Eres mía!

Me torcí el tobillo a un metro de la puerta de mi dormitorio. Marthe aprovechó para atraparme por el hombro. Me arañó. Me dio la vuelta, me empujó, mi cabeza golpeó contra la pared. Ahogué un sollozo.

—Marthe... Deténgase, por favor... Me está...

Mi voz se ahogó: había cerrado las manos alrededor de mi cuello gritando. Mi vista se emborronó, las lágrimas la obstruían. Apretó más fuerte. Me faltaba el aire. Le supliqué con la mirada. De pronto, abrió los ojos como platos. Sentí que su presión se relajaba.

—Querida...

Su voz no era más que un murmullo. Me soltó. Todo su cuerpo empezó a temblar, en el límite de la convulsión. Lanzó un grito de animal atemorizado. Dio un paso hacia mí: sentí miedo, la empujé y conseguí entrar en la habitación. Se me cayó la llave, gemí de pánico, la recogí del suelo y cerré la puerta con ella. Marthe empezó a golpear la puerta.

—Perdóname, no debí... Querida, ábreme.

Me alejé y la oí derrumbarse en el suelo. Continuaba golpeando la madera gritando mi nombre con voz dolida, suplicante. Me llevé las manos al cuello, tosiendo, sollozando, haciendo un esfuerzo por recuperar el aliento. Quería a Gabriel. Quería que viniese, que me salvase de la furia de Marthe. Busqué mi teléfono. En vano: lo había dejado en el taller. Nadie vendría a liberarme antes de la mañana siguiente. Marthe continuaba llamándome, lloraba, lanzaba atroces gritos de angustia. Me refugié en la cama, me acurruqué, doblé las rodillas y las estreché contra mi pecho. Los desgarradores gemidos de Marthe se fueron haciendo más espaciados, pero ella seguía allí. La escuchaba, por momentos, llorosa, murmurar «querida». Mis sentidos permanecieron alerta. El menor ruido, el menor crujido del parqué me producía un sobresalto, y un gemido escapaba de mi garganta.

Dudaba de la realidad de las últimas horas. ¿Marthe había intentado matarme? ¿Era realmente ella? La mujer a la que admiraba, a la que ponía por las nubes... Todo mi universo se desplomaba. El mundo entero había enloquecido.

Me desperté en la misma posición, con tortícolis y las piernas anquilosadas. Miré el reloj: eran casi las diez. Me había dormido al amanecer. No había conseguido luchar. Salí de la cama y permanecí un buen rato sentada al borde. Mis manos se crisparon sobre mis rodillas. Antes de esa misma noche, necesitaba respuestas, y una solución. No podía permanecer allí más tiempo. Me levanté con precaución, me dolía todo el cuerpo. Al llegar al cuarto de baño, me asusté ante el espejo. La imagen que me devolvía era espantosa: mi maquillaje corrido; lágrimas negras se habían secado sobre mis mejillas; tenía el labio hinchado, con un corte muy profundo; el vestido estaba desgarrado en algunos sitios; mis rodillas y mis brazos arañados, y tenía algunos cardenales. Lo más impresionante era la marca alrededor del cuello.

Me duché con agua casi fría para espabilarme. Tenía resaca sin haber bebido. Después me dediqué a camuflar las marcas que Marthe había dejado: me puse un pantalón y un jersey, oculté mi cuello con un amplio fular y apliqué una buena capa de maquillaje sobre el labio. Esperaba que aquello pasara medianamente desapercibido.

Cuando giré la llave en el cerrojo de la puerta, empecé a temblar. Lancé un suspiro de alivio al descubrir que detrás no había nadie. Pasé delante del dormitorio de Marthe sin hacer ruido. En la escalera, oí aspiradores en marcha. En pocas horas sería como si la velada nunca hubiese tenido lugar. Pero un ejército de asistentas no podría limpiar mis recuerdos. Me serví una taza de café en la cocina y fui a mirar por la ventana el tumulto parisino. Ni rastro de la moto de Gabriel.

—¡Iris, está usted aquí!

Di un respingo al oír a Jacques. Me volví y adiviné un cierto alivio en su rostro. Intenté sonreír, en vano.

—¿Ha visto a Marthe esta mañana? —pregunté.

—Ha salido.

—¿Sabe a qué hora volverá?

—No tengo ni idea.

—¿Dónde está?

—No puedo decírselo, lo siento.

Me derrumbé sobre la primera silla que encontré. Empezaba a faltarme el aire.

—¿Qué puedo hacer por usted, Iris?

Me cubrí la cabeza con las manos y reprimí un sollozo.

—Explíqueme que está pasando aquí, por favor.

—No es a mí a quien le corresponde hacerlo.

Le miré a los ojos.

—¿Me dejará salir?

—No está usted prisionera, en todo caso no conmigo.

A pesar de mi cuerpo dolorido, atravesé el piso corriendo, subí de cuatro en cuatro la escalera y entré en la habitación como una furia. Cogí mi bolso, una chaqueta de cuero, y fui a recuperar mi teléfono en el taller. La sangre retumbaba en mis venas. La energía de la desesperación. Hice el camino inverso a la misma velocidad. Jacques esperaba delante de la puerta de entrada. Me tendió un manojo de llaves.

—Si él no le abre, entre en su casa con esto.

Atónita, miré fijamente las llaves en mi mano.

—Él aceptaría lo que fuese viniendo de usted —prosiguió—. Le hace falta. Y, de hecho, a usted también.

—Y Marthe... ¿No tendrá usted problemas?

—Yo me ocupo de ella, no se preocupe.

Una vez en la calle, inspiré profundamente, contemplando el cielo. Me concedí unos segundos. Recuperaba mi libertad. Me sentía segura. Estaba sola, y decidía la dirección que iba a tomar. Agradecí mi memoria geográfica y mi sentido de la orientación. Nunca había ido a su casa, había pasado simplemente delante de su edificio, una noche, en taxi. Sin embargo, esa dirección estaba incrustada en lo más profundo de mi memoria.

Caminé. Caminé. Caminé por las calles de París. Ópera. Boulevard Haussmann... Nada habría podido detenerme. Estaba en una película en la que los peatones me hacían un pasillo de honor. Me rozaban y yo les empujaba sin sentirlos, no distinguía rostro alguno. No eran más que siluetas sobre la acera de las grandes tiendas. Gabriel estaba en peligro, lo sentía dentro de mí. Lo defendería, le curaría, le obligaría a escucharme, a abrirse.

El código digital del edificio no fue un problema, tenía las llaves. Si su buzón no me hubiese informado de su piso, habría llamado en cada planta. En el cuarto, una única doble puerta, que no aislaba en absoluto el ensordecedor volumen de la música. «Begin the End», de Placebo, invadía el hueco de la escalera. Los bajos hacían vibrar la madera de la puerta. Llamé, convencida de que no me iba a oír. Utilicé la llave y entré en su casa por primera vez, acompañada ahora de

Muse, «Explorers», que tomaba el relevo. Matthew Bellamy pedía que le liberasen: «Free me. Free me. Free me from this world. I don't belong here. It was a mistake imprisoning my soul. Can you free me from this world?». El piso estaba inmerso en la penumbra. No había recibidor. La televisión emitía una imagen moteada. Percibí unos pies desnudos sobresaliendo de un sofá de cuero negro. Al acercarme a él, tropecé con un casco de moto. Contuve un grito de dolor y solté un taco entre dientes. Seguía sin reaccionar. Comprendí por qué: una botella vacía de vodka había rodado bajo la mesa baja. Gabriel roncaba, tendido boca abajo, en vaqueros y sin camiseta. Me permití el lujo de observar su tatuaje con detalle. Viniendo de él, podía esperarse algo desfasado, que rozara la burla de sí mismo. Me había dicho «versión ángel caído». Lo caído primaba. Las alas del ángel Gabriel eran negras, laceradas, desgarradas, aspiradas hacia un precipicio del que nadie conocía el fondo. Me dolió por él. ¿Qué secreto escondía? ¿Qué mal le carcomía? Su sueño no tenía nada de reparador. Los rasgos de su rostro estaban crispados: sufría. Me incliné y le di un beso en la mejilla. Dormido, hizo una mueca, y después esbozó una sonrisa. Apagué la televisión, busqué con la mirada el equipo de música y lo apagué. El silencio no lo despertó, proseguí la visita. A pesar de la impresión de atravesar una zona de guerra, pude apreciar la belleza del apartamento. Marthe invadió mis pensamientos: no cabía duda de que era la responsable de la decoración, sobria, minimalista, moderna. Como el suyo, era un piso haussmaniano con molduras en el techo y chimenea de mármol. El parqué era casi negro; el blanco de las paredes, tan puro que rozaba el azulado. No había adornos. Ni fotos, ni objetos personales que me dijeran algo sobre él y su pasado. La cocina estaba abierta sobre el salón, y en ella reinaba un perfecto caos. Me metí por un pasillo, pasé delante de un despacho en el que no entré. Después llegué al umbral de su dormitorio. Olía a cerrado, hacía mucho tiempo que no se habían cambiado las sábanas. Me negué a imaginar a quién habrían podido arropar. Volví al salón, me quité la chaqueta, decidí dejar dormir a Gabriel y me puse a ordenar.

En una hora ya había hecho un montón de trabajo. Abrí por completo las cortinas para dejar entrar la luz del día y despertarle suavemente. Me senté en un sillón frente a él y crucé las piernas. Mi corazón se retorcía de amor por él. Empezó a revolverse, gruñó y se frotó la cara contra el cojín que le servía de almohada. En cuanto abrió los ojos, fui lo primero que vio. Se quedó varios segundos mirándome, sin decir palabra. Después se sentó, se apartó el pelo con las manos y esbozó una ligera sonrisa.

—Me imagino que es a Jacques a quien debo tu presencia aquí.

Asentí con la cabeza.

—Hace meses que sueño con verte al despertar, y tiene que pasar el día en que estoy hecho un despojo.

Salté de mi sitio, dispuesta a echarme sobre él. Me detuvo con un gesto de la mano.

—Responde a mi pregunta.

—¿Cuál?

Se levantó del sofá.

—¿Por qué has vuelto a París? ¿Dónde está tu marido?

—He dejado a Pierre.

—¿Por qué?

Resoplé.

—Me enteré de que me estaba engañando y...

—¡Hijo de puta! ¿Cómo ha podido hacerte eso?

Se puso a gesticular en todos los sentidos. Avancé hacia él y posé mi mano en su brazo. Se detuvo en seco y me sondeó con la mirada.

—Estoy bien, Gabriel. Y si hubiese sido más valiente, habría tomado esta decisión mucho antes de saberlo, porque ya no quería estar con él, ya no le quería. Es contigo con quien...

—No digas eso, por favor.

Reculé, herida.

—Entonces, ¿no quieres saber nada de mí?

Mis ojos se llenaron de lágrimas. Se acercó a mí y me rodeó el rostro con sus manos.

—No merezco que llores... Pero... ¿qué tienes aquí?

Su pulgar rozó el cardenal y el corte en el labio, y me encogí de dolor. Sus ojos se fijaron en mi cuello. Me había quitado el fular sin darme cuenta.

—No es nada...

—¡No me digas que ha sido ella!

Evité su mirada. Me soltó, apretó los puños y sus ojos se llenaron de rabia.

—¡Zorra! ¿Cómo se ha atrevido a levantarte la mano?

—Ya te he dicho que no es nada.

—¡Sí, es grave! Me ocultas cosas...

Se puso a dar vueltas como un león enjaulado.

—Por eso te animé a marcharte —exclamó—. Por eso no importa que te quiera con locura, porque lo nuestro es imposible, porque mereces algo mucho mejor que esta vida de mierda, porque...

—¡Cállate, Gabriel! —grité.

Corrí hacia él, le obligué a mirarme. Él desvió los ojos hacia el suelo.

—Iris, por favor... No hagas las cosas más difíciles.

—Repite lo que acabas de decir —exclamé dando puñetazos en su torso.

—Te quiero.

Mis golpes cesaron. Pegué mis labios a los suyos. Me abrazó. Nuestras lenguas se retorcieron juntas. El beso me dolía, sabía a sangre, a restos de alcohol, pero arrasaba con todo a su paso. Quería saber qué me harían esos labios. Me daban miedo, me hacían bien, me ponían en peligro, me hacían sentir viva. Me empujó contra la pared más cercana. Sus manos, invasivas y posesivas, empuñaron mis nalgas y después se insinuaron bajo mi camiseta. Las mías se enrollaron a su espalda, amasando su piel, y tuve que contenerme para no arañarle. Quería fundirme con él. Me agarró el muslo, sentí toda la extensión de su deseo. Gemí. Nuestro beso terminó brutalmente. Yo estaba sin aliento. Me soltó la pierna y me ofreció una mirada llena de dolor, huidiza. Pasé la mano por su pelo.

—¿Qué te pasa?

Le acaricié el rostro, y cerró los ojos. Después, se apartó.

—No lo sabes todo. Te mereces un buen tipo. Hasta el gilipollas de tu marido te hubiese hecho más feliz que yo.

—¿Por qué piensas eso?

Se volvió hacia mí; me miró desde lo alto.

—Porque, antes de amarte, quería acostarme contigo para enloquecer a Marthe, para robarle su juguete, para que fueses el mío. Porque siempre he jugado a eso con ella. Pero ella te quería para ella sola.

Cuanto más me prohibía acercarme a ti, más te deseaba, y no para tu bien. Créeme.

Me llevé la mano a la boca.

—¡Mientes!

—La verdad, Iris, es que eres la primera mujer con la que quiero hacer el amor, no follar como con una zorrita de lujo. ¿Quieres saber quién soy realmente?

Clavó sus ojos en los míos. Yo era incapaz de pronunciar una palabra.

—Soy el tipo que se acostó con Marthe durante casi quince años cuando la quiero como a una madre. He sido su gigoló, con la aprobación de Jules y su total consentimiento. ¡Y el final es lo más interesante! Sin ella no soy nada, todo lo que has visto desde el principio, las empresas, mi dinero, esta casa, todo, estrictamente todo lo que tengo, es suyo, y si ella lo decide, mañana estoy en la calle, con una mano delante y otra detrás.

Las lágrimas desbordaron mis ojos. Gabriel tenía las mandíbulas apretadas. Estaba lívido. Lo que no le impidió seguir.

—Si hubiese levantado el meñique la noche en que te hizo probarte un vestido ante mí, aquello habría terminado en una partida a tres bandas, lo hubieses querido o no. Te habríamos pervertido.

Retuve con dificultad la náusea ascendente.

—Entonces fue cuando me di cuenta de que estaba cambiando, porque quise protegerte de su influencia. Quería hacer lo que fuera para evitar que Marthe te hiciese lo que me ha hecho a mí. Pero era muy duro luchar contra lo que sentía. Apenas intenté distanciarme, ya no podía hacer nada. No pensaba más que en ti, solo te quería a ti. Y entonces llegó tu marido... Comprendí que yo no te aportaba nada bueno, que debía dejar de soñar. Tu marcha precipitada me facilitó la tarea, aunque he vivido en un infierno desde que te fuiste. Cuando te vi ayer, cuando me enteré de que vivías con ella..., yo..., la forma en que te agarraba..., y tú..., tú tan parecida a ella, y... tan sumisa, creí que iba a volverme loco.

Yo temblaba de pies a cabeza. Tenía la impresión de descubrir otra historia distinta a la mía, a la nuestra, hasta el punto de que me tambaleaba, atacada de vértigo. Gabriel se acercó rápidamente a mí, me guio hasta el sofá y me obligó a sentarme. Se puso en cuclillas delante de mí y tomó mis manos entre las suyas.

—Debes marcharte. ¿Tienes tu documentación?

Asentí con la cabeza, sin comprender muy bien adónde quería llegar.

—Olvídate de tus cosas. No puedes volver allí, ella no te dejará salir. Cuando pienso en lo que te ha hecho...

Se detuvo, pasó con ternura el pulgar sobre mi labio herido y posó delicadamente su mano en mi cuello.

—A mí no podía pegarme, pero tú eres demasiado frágil. Te desea con tanta fuerza que se vuelve violenta. Ha enloquecido y ya tiene demasiado poder sobre ti. Me niego a que seas su objeto. Encontraré el modo de calmarla. Poco importan las consecuencias... Me vas a decir adónde quieres ir y te sacaré un billete de tren, de avión o de lo que quieras.

Suspiró y quiso levantarse. Se lo impedí agarrando con fuerza sus manos.

—No quiero marcharme.

—¡Joder, Iris! No has comprendido nada...

Intentó soltarse, pero me mantuve firme.

—Escúchame, por favor.

Suspiró, bajó los ojos y me concedió su atención. Antes de nada debía hacerle una pregunta. Sin embargo, me costaba encontrar las palabras.

—Es difícil preguntarte esto, pero... ¿sigues acostándote con ella?

—¡No, te lo juro! Se acabó progresivamente hace tres años, tras la muerte de Jules. Ella disfrutaba simplemente viéndome aplicar sus métodos. Y después... llegaste tú y despertaste a la fiera dormida. Y lo que nunca debió pasar pasó, nos enamoramos los dos de ti.

Le miré fijamente a los ojos. No sabía todo, estaba segura. Y nunca tendría todos los elementos. De forma confusa había sentido un malestar entre ambos, una tensión indefinible. Pero nunca hubiera podido imaginar de qué se trataba, ni que el sexo formase parte de ello. ¿Estaba dispuesta a aceptar que aquello hubiese llegado tan lejos? La respuesta era simple. Mi vida se había convertido en un auténtico caos, pero mientras Gabriel estuviese allí me enfrentaría a cualquier cosa y le ayudaría a liberarse.

—Marthe ha dirigido tu vida desde que la conoces, no la dejes decidir más por ti, no dejes que nos separe.

—¿Cómo puedes seguir queriendo algo más de mí?

—Te quiero, eso no tiene explicación.

—Solo soy un mierda.

—¡No quiero volverte a oír decir eso! Cuando te miro, veo al hombre que me ha seducido sin que yo ofreciera obstáculos, que me ha respetado y, sobre todo, que me ha protegido hasta el punto de sacrificarse él mismo.

Una pequeña luz de esperanza apareció en su rostro.

—¿Y si estar conmigo implica de hecho empezar todo de cero?

—Estoy dispuesta. Me niego a perderte.

Sus manos se crisparon sobre las mías, sus ojos se llenaron de lágrimas. Nos acercamos el uno al otro. Ya no quería volver a ver esa máscara de tristeza, de temor, sobre su rostro. Posé mis labios sobre los suyos. Aceptó mi beso y me lo devolvió con apremio. Después se incorporó y me tumbó sobre el sofá. El deseo nos asedió inmediatamente. Mis manos volvieron al asalto de su espalda, me aplastó con su peso; me gustaba sentir su cuerpo sobre mí. Separó su boca de la mía.

—Así no —me dijo.

Se levantó, me llevó con él y me guio hasta el dormitorio. Al pie de la cama, me desnudó con una lentitud infinita. Con un simple movimiento, me prohibió ayudarle. Cuando estuve completamente desnuda ante él, el miedo a decepcionarle, a no estar a la altura, me paralizó. De repente me encontraba expuesta, cuando durante meses, años, tan solo había mostrado mi cuerpo a una mirada desganada, embustera. Mis hombros se encogieron, bajé la cabeza y mis brazos quisieron camuflar mis senos. Gabriel me ciñó por la cintura.

—Te quiero, Iris —me dijo al oído—. Quiero verte. Mírame.

Obedecí. Y solo vi amor y deseo en sus ojos. Mi incomodidad y mi pudor desaparecieron. Nos besamos hasta perder el aliento. Nos convertimos en besos, caricias, suspiros. Era tan simple como abandonarse a él, y nuestros gestos, nuestras pieles, concordaron en perfecta armonía. Cuando estuvo dentro de mí, me sostuvo las manos a cada lado de mi cara. Su balanceo era lento, profundo. Nuestros ojos quedaron clavados en los del otro hasta que nos arrastró el orgasmo. Gabriel refugió su cabeza en mi cuello. Permanecimos mucho rato sin movernos. Nuestra respiración acabó calmándose. Me besó el hombro, se apartó un poco de mí y rodó a un lado. Le miré, él retiró los mechones de pelo pegados a mi frente. No soportaba sentirle lejos de mí, incluso a tan poca distancia; me acurruqué contra él y me abrazó con fuerza.

—Gracias por no haber cedido a mis ataques de estos últimos meses —susurró.

Me incorporé y apoyé mi barbilla en su pecho.

—Pues yo lo lamento —contesté—. Nos habría evitado mucho sufrimiento y una separación inútil.

—Te equivocas, porque no te habría amado como mereces.

—Estoy segura de lo contrario, habrías estado perfecto y lo habrías comprendido todo.

Alzó los ojos.

—¿Sabes qué? —le dije.

Me miró y sonrió.

—No, pero vas a decírmelo.

—Da igual, lo que cuenta es el ahora.

Su rostro se iluminó, su lado canalla había regresado. Me dio la vuelta y me inmovilizó bajo su peso. Me eché a reír. Me estremecieron sus besos en el cuello, en los senos, en el vientre, que empezó a rugir. Gabriel rio y le habló:

—¿No estás contento? Espera, que voy a arreglarlo.

Salió de la cama y se dirigió al salón.

—¡Pero bueno!

Gruñía porque yo lo había recogido todo. Me reí.

—Algo tenía que hacer mientras dormías —repliqué—. Me vas a perdonar, pero he tenido que buscar en tus armarios, quería que las sábanas estuviesen limpias.

Se echó a reír. Estaba molida, colmada, con una ligera dosis de adrenalina todavía en el cuerpo. También me sentía atónita por lo que acababa de pasar. Hacer el amor con Gabriel había sido liberador, revelador. El sexo se había vuelto inexistente con Pierre, y cuando empezó a formar nuevamente parte de nuestra vida en pareja, fue mecánico y falso. Por primera vez en mi vida, tuve la impresión de ser yo misma haciendo el amor. Marthe parecía estar muy lejos. Me dejé arrastrar por el sopor. Intenté con todas mis fuerzas mantener los ojos abiertos.

Una mano, su mano, acariciaba mi espalda. Yacía boca abajo, parpadeé y volví la cabeza para mirarle. Se inclinó y me besó suavemente.

—Solo puedo ofrecerte champán —me dijo.

—¿Me vas a alimentar con líquidos?

—Aprovecharemos antes de que el grifo se cierre.

Atrapó una copa que había sobre la mesilla y me la ofreció. Me incorporé y me cubrí los senos con la sábana. Brindamos mirándonos a los ojos. Después de unos sorbos, me quitó la copa de las manos y me obligó a tumbarme. Me estudió a fondo: empezó por mi cuello, trazó un surco sobre mis brazos arañados, comprobó la extensión de los daños en mis rodillas y terminó subiendo por mi cuerpo para besar los arañazos de mi hombro.

—Podría matarla por lo que te ha hecho —murmuró.

—No digas eso...

—Mientras dormías, he oído tu teléfono sonar sin parar.

—Sin duda era ella.

—Exacto. A estas horas debe de estar en plena crisis nerviosa y preparando su venganza.

—¿De verdad puede cortarte todo ingreso?

—Sí, está autorizada a manejar todas mis cuentas. Se remonta a la época en que Jules las abrió para mí. Las empresas están a su nombre, no soy más que el gestor. Todo está arreglado para que nunca la deje sola. A la hora de su muerte, Jules me confesó sentirse feliz por el regalo que le había hecho a Marthe, porque él también había tenido el suyo. Ese regalo era yo.

—¿Nunca has sentido ganas de marcharte?

—No..., por mucho que haya hecho, quiero a Marthe, solo la tengo a ella. Antes de ti, antes de que nos conociésemos, estaba íntimamente convencido de que no habría nadie más en mi vida, de que nada podía ser diferente. Al verla utilizarte comprendí hasta qué punto me había manipulado. Me había grabado en el cerebro que ninguna otra mujer podría amarme de verdad, y que ella sería la única que podría soportarme. Y como ya no había sexo entre nosotros, creía que teníamos una relación ciertamente retorcida, pero más sana que antes. Pero quiero que sepas que... al principio no me forzó...

—Quieres decir que...

—Sí.

—¿Por qué aceptaste?

—Ponte en mi lugar: era joven, idiota, arrogante. Y una mujer de una increíble belleza, con una experiencia sexual que haría enrojecer a una actriz porno, se metía en mi cama sin que yo tuviese que hacer nada...

—Si pudieras evitar entrar en demasiados detalles, te lo agradecería.

—Perdón —respondió, avergonzado.

Le besé. Me sonrió.

—¿Qué vamos a hacer ahora? —pregunté.

—La voy a llamar.

—¿Quieres que lo haga yo? Al fin y al cabo, he sido yo la que ha huido de ella, sin olvidar que es a mí a quien ha agredido.

—Excepto que esto es algo entre ella y yo. Es difícil de aceptar, pero para ella eres un objeto y estamos peleándonos por ti. Y es importante para mí hacerlo, debo liberarme de ella y de su poder.

—¿Estás dispuesto a eso?

—Y a mucho más...

Me besó y se marchó en busca del teléfono. Después se sentó al pie de la cama. Yo me mantuve retirada. Miró fijamente su móvil y se revolvió el pelo suspirando. Marcó el número y pegó el aparato a su oído, su mano libre partió en busca de la mía. Atravesé la cama a cuatro patas y se la agarré. La apretó con fuerza llevándola hacia su vientre. Me acurruqué contra su espalda y acaricié su tatuaje. Sus músculos estaban tensos.

—Marthe, soy yo... Iris está aquí...

—¡Sois ridículos! —la oí decir por el aparato.

Gabriel resopló.

—No voy a hacer de abuela cuando se os ocurra tener descendencia.

Su tono era mordaz.

—No te pedimos eso. Solo queremos que nos dejes vivir en paz.

—No tienes derecho a robármela —exclamó—. ¡Devuélvemela!

—Iris no es tuya.

La voz de Gabriel iba endureciéndose. Sus músculos se contrajeron bajo mis manos.

—No la vuelvas a tocar, ¿me oyes?

—No puedes amenazarme, lo sabes, ¿verdad, querido? —le dijo con su voz seductora, de hechicera.

Gabriel tomó aliento, sus sienes empezaron a sudar. Estaba luchando.

—Yo tampoco soy tuyo —continuó en un tono brusco.

—¡Por supuesto que sí! Desde que te vi, desde que entraste en mi casa, me perteneces.

—Eso se acabó, Marthe.

—¡Pues ya sabes lo que significa! Lo perderás todo. Sin mí, no eres nada. Puedes olvidarte de tu trabajo, del poder, del dinero.

Gabriel me buscó con la mirada por encima del hombro, sus ojos mostraban inquietud y tristeza. Me preguntó con la mirada, yo le sonreí con dulzura. Me estrechó la mano aún más fuerte e inspiró profundamente.

—Marthe, no quiero terminar así —le dijo con tono tranquilo—. Pero si nos obligas, Iris y yo nos marcharemos. Ya no dirigirás nuestra existencia, se acabó.

—Arruinarás tu vida, y la suya.

Y, de golpe, su cólera estalló.

—¡No podéis hacerme esto! —gritó—. ¡Es a mí a quien debéis amar!

—¿Ves el daño que te estás haciendo? No te encuentras bien. Creo que deberías pedir ayuda.

Marthe gritaba tanto que sus palabras se volvieron incomprensibles. Gabriel suspiró.

—Voy a colgar. Todavía puedes cambiar de idea. Solo depende de ti el tenernos a tu lado.

—Querido, no soy capaz —sollozó—. No me dejes, te necesito. Se lo prometiste a Jules, tu padre, no lo olvides.

Lloraba y gritaba a la vez. Gabriel inspiró profundamente.

—Adiós, Marthe —dijo en un suspiro.

—¡Os quiero! —gritó ella en un sollozo.

Gabriel colgó y dejó delicadamente el teléfono a su lado. Le abracé. Después quiso levantarse y le dejé moverse libremente. Me tomó de la mano y me llevó al cuarto de baño. Se quitó los calzoncillos y nos metimos en la ducha. Reguló la temperatura del agua. Encerré su rostro entre mis manos para obligarle a mirarme, a hablarme. Cerró los ojos con todas sus fuerzas. Después se lanzó sobre mí, y me besó como si su vida dependiese de ello. Empezó a acariciarme por todo el cuerpo, el deseo se despertó de inmediato. Le dejé hacer. A su manera. Como necesitaba. Me levantó y me empujó contra el frío alicatado. Me tomó con fuerza y me bamboleó hasta hacernos llegar al paroxismo del placer en un estertor de dolor. Y, de pronto, estalló en sollozos. Como a cámara lenta, nos derrumbamos en el suelo, le abracé y se acurrucó, apoyando su cabeza sobre mi vientre. Le acuné mucho tiempo bajo el agua y dejé que expresara con sus lágrimas todo lo que no podía decir con palabras.

—Perdón —sollozó después de un rato.

—Shhh.

Le obligué suavemente a ponerse de pie. Lo lavé, lo enjuagué y él se dejó hacer. Después, cerré el grifo. Salí de la ducha, me enrollé en la primera toalla que encontré, cogí una segunda y volví con él para secarle. Tiritaba.

—Ve a vestirte —le dije dulcemente.

En sus ojos volvió a brillar una llama de vida, y por fin me miró. Le puse un dedo en la boca.

—Ve.

Volvió a su cuarto, le seguí y le observé. Se quedó de pie ante el vestidor. Su tatuaje desvelaba por fin su significado. Gabriel había estado siempre dividido entre su amor filial e incestuoso por Marthe y su deseo de libertad. Acababa de liberarse de sus ataduras, pero también había perdido a su madre. Una madre castradora. Empezó por relajar sus músculos haciendo crujir el cuello y estirando los brazos. Después, se puso la ropa con calma, sin decir palabra. Cuando por fin terminó de abotonarse la camisa se volvió hacia mí.

—Voy a hacer unas llamadas de trabajo y después comemos algo, ¿te parece bien?

Sonreí.

—Tengo hambre, sí, me apetece.

Cogió el teléfono de la cama y se acercó a mí. Me abrazó y me besó el pelo.

—Gracias —susurró.

Se alejó, le retuve por la mano.

—¿Puedo ponerme una de tus camisas?

Su sonrisa me alivió. Se dirigió al salón. Le oí hablar. Fui a buscar mi ropa y elegí una de sus camisas. Una vez vestida, volví al cuarto de baño con la intención de desenredarme el pelo. Me apoyé en el lavabo. A pesar del dolor y las constantes pruebas a las que había estado sometida, seguía viva, y estaba con el hombre al que amaba. En el espacio de unas horas, habíamos pasado del estado de jóvenes amantes a un grado de intimidad que no había conocido con Pierre.

Encontré a Gabriel sentado en el sofá, con el teléfono al oído y su ordenador portátil abierto sobre la mesa baja. Acaricié su espalda al pasar detrás de él y me agarró la mano en el momento en que me alejaba, la besó y prosiguió su conversación.

—Prepara los informes y los contratos, me pasaré pasado mañana a firmarlos... No me hagas preguntas.

Cortó la comunicación.

Entramos en la primera pizzería que encontramos en nuestro camino. Pedimos rápido y nos sirvieron enseguida. Gabriel recuperaba poco a poco la alegría de vivir. Al menos, eso parecía. Debería vigilarle de cerca. Ambos estábamos muertos de hambre. Nos reímos de nuestro apetito voraz, sin pensar ni un minuto en tomarnos una pausa.

—No creí que algún día tendría que preparar mi marcha —acabó diciéndome cuando su plato estuvo vacío.

—No puedes dejarlo todo, ese trabajo es toda tu vida. ¿Estás seguro de que esto terminará así?

—Nos quiere a los dos, pero no juntos. Así que no creo que ella pueda soportar verme a diario y saber que después vuelvo contigo, sin poder sacar partido de ti. Supongo que eres consciente de que las puertas del *atelier* acaban de cerrarse definitivamente para ti. Me niego a que la vuelvas a ver, es demasiado peligroso. ¿Dónde vas a coser?

—No lo sé. Me quedará un poco de dinero con el divorcio, podré alquilar algo, pero eso no será enseguida... ¡Joder!

—¿Qué?

—El que se encarga de todo es el abogado de Marthe.

—No te preocupes, le conozco, le llamaré mañana y le diré que se ponga en contacto contigo. ¿También había conseguido meter las narices en eso? ¡Increíble!

—Le dejé vía libre. Era incapaz de pensar por mí misma cuando aparecí en su casa.

—Esa es toda su fuerza: teje una tela a tu alrededor y luego es imposible escapar. Por eso nos marchamos, construiremos nuestra vida sin ella.

Suspiró. Bostecé.

—Yo también estoy hecho polvo —dijo.

Al llegar a su casa, corrimos directamente al dormitorio. Nos desnudamos sin perder un minuto y nos metimos bajo el edredón. Desnudos el uno contra el otro, por fin saboreábamos el estar juntos. Luché contra el sueño, obligando a mis ojos a no cerrarse.

—Duérmete, Iris.

—No quiero.

—¿Por qué?

—Porque estoy bien aquí, contigo. Es mejor que todo lo que me había imaginado.

—Piensa que nuestro despertar será aún mejor.

Me obligó a apoyar la cabeza sobre su hombro. Cedí con muchísimo gusto. Me sentía entre algodones, bien calentita entre sus brazos.

11.

Algo vibró, perturbando nuestro sueño. Gabriel y yo dormíamos pegados el uno al otro. Gruñó sobre mi cuello y entreabrí un ojo; apenas había amanecido. Nuevas vibraciones.

—¡Joder! —refunfuñó Gabriel—. Debe de ser un cliente del otro lado del mundo al que le importa una mierda la diferencia horaria.

Estreché su brazo alrededor de mi vientre. Me besó en el hombro.

—Nos quedaremos todo el día en la cama —ronroneó.

Me reí ahogadamente. Estuvimos tranquilos unos instantes. Pero el teléfono de Gabriel volvió a vibrar. Suspiró y se separó de mí. Me giré. Cogió el móvil, lo miró durante un segundo que me pareció una eternidad y se incorporó para responder.

—Sí...

Palideció, su mano libre se agarró a las sábanas.

—Llego enseguida, Jacques.

Salió de la cama para meterse en sus vaqueros. De pronto, recordó mi presencia.

—Ven conmigo, por favor. Se trata de Marthe, ella...

Su voz se quebró. No intenté obtener más explicaciones, no las necesitaba. No lo pensé dos veces y me levanté. En menos de cinco minutos estábamos vestidos. Gabriel cogió dos cascos. Cerró la puerta del apartamento y pulsó ininterrumpidamente el botón del ascensor hasta que llegó a nuestro piso. Una vez dentro, me abrazó sin decir palabra, con expresión azorada. Corrió hacia la moto, yo le seguí. Se montó, me instalé detrás y me agarré a su cintura. Arrancó de inmediato. Rodaba demasiado deprisa, yo cerraba los ojos con todas mis fuerzas. La moto zigzagueaba, el motor rugía. Frenó brutalmente, miré de nuevo. Acabábamos de llegar a la calle del taller, estaba desierta. Gabriel aparcó la moto en el lugar de siempre. En el ascensor, me mantuvo entre sus brazos hasta el quinto piso. Su cuerpo era un amasijo de nervios. Después, entrelazamos nuestros dedos. La puerta del piso de Marthe se abrió y apareció Jacques, completamente lívido.

—Está en el salón...

Gabriel me arrastró por el pasillo. Jacques me llamó. Nos volvimos al unísono.

—Lo siento.

Gabriel vaciló. A pesar de todo, seguimos por el pasillo sumidos en un silencio de muerte. Desde el umbral del salón, contemplé la escena en toda su amplitud. Las cortinas, cerradas a medias, dejaban pasar el sol de la mañana, las motas de polvo revoloteaban entre los rayos de luz. Marthe estaba sentada en el sofá, en su lugar de costumbre. Llevaba el primer vestido que le había hecho, lo reconocí al instante. Sobre la mesita auxiliar, su boquilla yacía sobre el cenicero, un vaso de ginebra esperaba a ser rellenado y un frasco de medicamentos reinaba con orgullo. Vacío.

—Se acabó —murmuró Gabriel.

Soltó mi mano y avanzó por la estancia hasta situarse frente a Marthe. Se agachó y la observó durante mucho tiempo. Después le acarició el pelo y hundió su rostro en sus rodillas. Ahogó un sollozo. Mi cuerpo se dislocaba, no tenía el poder de curar aquella herida. Contraje todos los músculos. Me tapé la boca con el puño y me tragué las lágrimas. Hice lo imposible para no dejar brotar mi propia pena.

El sonido de las sirenas acercándose rompió el silencio. Me arranqué de mi contemplación morbosa y fui a buscar a Jacques. Me confirmó que había telefoneado a las autoridades competentes. Minutos más tarde, sonó el timbre. Gabriel conservó la misma posición. Cerré el paso al bombero que entraba.

—Tengo que pasar, señora.

—Déjeme con él unos instantes, por favor. No se precipiten.

—¿Es su hijo?

—Como si lo fuese.

Entré en el gran salón y avancé hacia ellos. Me agaché detrás de Gabriel, le sujeté por los hombros. Marthe se veía suntuosa, perfectamente maquillada y peinada. Tenía la expresión tranquila. Bajo mis manos, sentí los sobresaltos del cuerpo lloroso del hombre al que amaba. Mi voz no fue más que un susurro.

—Tienes que dejar que se ocupen los bomberos. Ven conmigo.

Se levantó, besó la cabeza de Marthe y se apartó.

—Voy a quedarme con ella —anunció sin dejar de mirarla—. Diles que vengan.

Les indiqué que podían pasar y me alejé. La policía estaba interrogando a Jacques. Luego me tocó a mí. Respondí mecánicamente a las preguntas que me hacían. Tuve la sensación de que aquello iba a durar horas. Cuando terminaron conmigo, se dirigieron a la habitación principal. Les seguí, inquieta por Gabriel. Al entrar me quedé impresionada: Marthe estaba ya en una camilla y el personal de la ambulancia cerraba una bolsa negra sobre ella. No distinguí lo que decían. Le dejaron acercarse a mí.

Me tomó de la mano y me llevó por el pasillo en dirección a la entrada.

—Jacques —llamó.

Este apareció de inmediato.

—Llame a un taxi para Iris, por favor.

—¿Qué? No, quiero quedarme aquí.

Frunció el ceño.

—Prefiero que te vayas, vuelve a mi casa y descansa. Esto va para largo...

—Señor —le llamó un policía.

—Ahora voy —respondió, y se dirigió de nuevo a Jacques—. ¿Puedo contar con usted?

—Por supuesto.

Gabriel me miró intensamente, apartó un mechón de pelo de mi rostro, me besó y dio media vuelta. Diez minutos más tarde, Jacques me anunció que había un coche esperándome abajo. Para conseguir que abandonase el lugar, me aseguró que me mantendría al corriente. En la calle, me detuve al ver la ambulancia y los coches de policía, con las luces giratorias encendidas. Algunos curiosos rondaban como buitres. No eran más que las ocho de la mañana y tenía la impresión de haber vivido ya varias jornadas.

Las horas que siguieron las pasé o hundida en el sofá, o dando vueltas y vueltas, o mirando desesperadamente por la ventana. No me atrevía a llamar a Gabriel por miedo a molestarle. Y en mi aturdimiento, no había tenido la idea de anotar el número de Jacques.

Cuando sonó el timbre de la puerta hacia las cinco de la tarde, me precipité a abrirla. Era Jacques, cargado como una mula. Le dejé pasar y le eché una mano con lo que llevaba.

—Siento no haber dado señales de vida antes.

—¿Cómo está?

—No lo sé, está en comisaría.

—¿Por qué?

—No se asuste, es el procedimiento habitual.

Lancé un suspiro de alivio. Y mi atención se dirigió hacia lo que había traído. Le interrogué con la mirada. Me sonrió con tristeza.

—Gabriel me ha pedido que hiciese sus maletas y algunas compras, teme que usted no coma. Voy a empezar haciendo un café.

—Mejor una infusión, estoy demasiado nerviosa.

Nos miramos. Los nervios pudieron con nosotros. Nos echamos a reír.

—En serio, Jacques, no se moleste por mí, tendrá muchas cosas que hacer.

—En absoluto, Gabriel me ha ordenado que vuelva a mi casa después de ocuparme de usted.

—Eso es imposible. Él no debe quedarse...

Tenía ya la mano en el picaporte de la puerta. Jacques me retuvo por el hombro.

—Es su decisión, quiere solucionarlo todo él solo. Es importante para él.

Me encogí y me alejé de la entrada.

Minutos más tarde estábamos sentados en la isla central de la cocina. Yo con una infusión de verbena y Jacques con un vaso de ginebra, en honor a Marthe.

—¿Qué tal se encuentra? —le pregunté.

—Sabía que un día u otro acabaría así. Y Jules también lo sabía. Marthe era una mujer brillante, fascinante, pero enferma. Gabriel nunca lo supo, porque Jules me había prohibido decírselo, pero visitaba todas las semanas a un psiquiatra y un psicoanalista. Soportaba una fuerte medicación para sus trastornos. Era la reina del disimulo.

¿Acabarían algún día las revelaciones?

—Dios mío...

—La realidad contaba cada vez menos para ella. Cualquier detalle era una excusa para tragarse un ansiolítico o un antipsicótico... Cada vez divagaba más, volvía a su pasado y lo modificaba. En estos últimos tiempos llegó a sufrir alucinaciones: la sorprendí hablando a Jules de usted, de Gabriel. Esas crisis de demencia eran cada vez más frecuentes, y sobre todo incontrolables. Había que dejar pasar la tormenta...

Volví a pensar en sus bruscos cambios de humor y su control maniático, que podían pasar por los caprichos de una diva, sus migrañas en realidad falsas, su reacción desmesurada cuando volví a casa con Pierre y su violencia de la última noche...

—No debí dejarla sola con ella la otra noche, lo siento, Iris, por lo que le hizo.

Echó un vistazo a la marca de mi cuello, que se iba volviendo violeta.

—No fue culpa suya, Jacques. Para mí, no fue ella. En todo caso, no es el recuerdo que quiero conservar. ¿Le ha contado todo esto a Gabriel? Le consolará.

—Lo he hecho. Se acabó el tiempo de los secretos..., y ni uno ni otro deben sentirse culpables por lo que acaba de pasar.

—Es fácil decirlo.

—Yo estaba presente ayer. Oí toda la conversación telefónica.

—Ah...

—Pensaba que debería darle una dosis suplementaria, pero después de una crisis de llanto se calmó por sí sola. Cuando me envió a casa, me dijo que echaba de menos a Jules. Con toda sinceridad, creo que tomó su decisión plenamente consciente, y también porque les quería a los dos.

—¿Cómo ha reaccionado Gabriel?

—Se quedó más tranquilo, pero tendrá que combatir algunos demonios.

Suspiró y echó un trago que saboreó sin prisas.

—¿Y usted, Iris? ¿Qué tal se encuentra?

—Pues no lo sé. No puedo creer que esté muerta. Y solo pienso en él.

—Déjese llevar por la pena, usted también la quería. Lo sé.

—Ya veré más tarde —le respondí con un suspiro.

Jacques apuró su vaso y bajó del taburete.

—No se quede sola, venga a mi casa a pasar la noche con mi mujer y mis hijos.

—Gracias, Jacques, es usted un encanto, pero prefiero quedarme aquí. No me gustaría que Gabriel se encontrase el piso vacío al volver.

—Como desee. De todas formas, no lo dude.

Anotó su número de teléfono y se dirigió a la entrada. Le acompañé. Me besó en la mejilla, y yo me quedé callada. Se marchó, dejándome sola para digerir sus últimas revelaciones.

Saqué ropa limpia y mis artículos de aseo de las maletas. Mi corazón se encogió al entrar en el cuarto de baño. Tomé una ducha muy larga y caliente, que fue menos relajante de lo que esperaba. Ya vestida, me dirigí arrastrando los pies hasta la cocina. Debía comer algo. Conseguí sonreír al abrir el frigorífico: no había más que platos preparados procedentes de los mejores *caterings*. El lujo no desaparecía en periodo de duelo, pensé irónicamente. Tomé uno al azar, picoteé apenas la mitad, y volví al sofá a esperar, con el teléfono en la mano.

—Iris, ¿por qué no te has acostado? —me dijo Gabriel desde el umbral de la puerta.

Parpadeé. Me había dormido en el sofá. Vino a mi lado, tenía el rostro deshecho; me senté, le acaricié la mejilla. Se apretó contra mi mano.

—¿Cómo te sientes?

Se volvió a poner de pie.

—Ve a acostarte.

Fue hasta la cocina y se apoyó en la isla central durante un buen rato. Después, buscó un vaso, vertió unas gotas de zumo de naranja, y las ahogó en ron. Me puse detrás de él y le abracé por la cintura.

—Es mejor que un somnífero —me dijo.

Le besé la espalda. Vació el vaso en tres tragos.

—¿Has visto a Jacques? —preguntó.

—Sí.

—Estaba loca..., completamente chiflada... ¿Cómo he podido estar tan ciego?

—Quería protegerte, estoy segura. ¿Qué cambia eso ahora? Tú la querías tal y como era...

Suspiró.

—Quizás..., pero toda mi vida pensaré que la he matado. Soy responsable de su suicidio, después de lo que le dije ayer por teléfono.

Se interrumpió y dio un puñetazo en la encimera de la isla.

—Gabriel, yo soy tan culpable como tú.

Se volvió bruscamente y tomó mi rostro entre sus manos.

—No vuelvas a decir eso. Te pegó, quiso matarte. No puedes culparte...

—Hui de su casa para venir a buscarte, sin decir palabra, sin dar explicaciones, sin preocuparme por su estado, cuando evidentemente no era ella misma... Así que también es culpa mía.

Me abrazó largamente.

—Solo queríamos estar juntos —me dijo entre sollozos.

—Lo sé... Llevaremos esa carga juntos. Habrá que vivir con ello.

—Deja que me ocupe de su entierro y nos iremos... Ve a la cama, en cuanto me duche estoy contigo.

Me soltó y se sirvió una nueva dosis de alcohol, que apuró de un trago.

Un cuarto de hora más tarde se reunía conmigo bajo el edredón. Me sentía completamente desarmada frente a su pena. Mi cuerpo le había consolado el día anterior. Me coloqué sobre él, le besé y le acaricié. Respondió a todas mis atenciones. Le hice el amor suavemente y con toda la ternura que podía. Después, se acurrucó entre mis brazos y se durmió como un tronco. Le acaricié el pelo durante más de una hora antes de dormirme también.

Al despertar, estaba sola en la cama. Me puse su camisa, que estaba tirada en el suelo, y fui a buscarle. Bebía café, la mirada perdida delante de la ventana. Le abracé.

—Tengo algo que pedirte —me dijo en voz baja.

—Dime.

—Hazle un último vestido.

Cerré los ojos con todas mis fuerzas, pues por primera vez en veinticuatro horas sentía que se llenaban de lágrimas, y no quería dejarme vencer por la pena delante de él.

—Solo tú puedes vestirla, con tus diseños estaba más hermosa que nunca.

—Lo haré lo más rápidamente posible.

—Gracias... Tengo que irme.

—¿Adónde vas?

Se soltó de mi abrazo y se puso la cazadora de cuero.

—Al depósito.

Se me heló la sangre.

—¿Quieres que te acompañe?

—No, ve al *atelier*.

—¿Habrá alguien que me abra?

Buscó en sus bolsillos y sacó mi llavero.

—Lo recuperé para ti —anunció entregándomelo—. He cerrado el *atelier* por tiempo indeterminado. De todas formas, ya había acabado el curso.

Recogió el casco del suelo y se dirigió hacia la entrada.

—Espera.

Corrí hacia él y me eché en sus brazos. Rodeé su cara con mis manos y le besé.

—Te quiero, Gabriel.

Sin decir palabra, salió.

Una hora más tarde estaba delante de la puerta del taller. Mis manos temblaban cuando metí la llave en la cerradura. Un silencio de muerte, glacial, pesado, reinaba en lo que había sido mi paraíso semanas antes. En recuerdo de Marthe, me había vestido como cuando trabajaba para ella; cada uno de mis pasos arañaba el parqué. Las cortinas estaban echadas. Atravesé el taller y entré en el probador. Continué conteniendo las lágrimas y hui al piso de arriba. Me armé de valor y entré en su despacho. El tiempo parecía haberse detenido, como si fuese a verla detrás de su mesa. Me habría dicho: «Querida, tus creaciones son perfectas, vamos a hacer grandes cosas». Yo habría bajado la cabeza, ella se habría acercado a levantarme el mentón con sus dedos y me habría mirado fijamente a los ojos.

Me senté en su asiento, rocé su cartapacio y abrí el primer cajón. Ahogué un sollozo, allí estaban todos mis bocetos, del primero al último. Me derrumbé sobre el escritorio, y dejé salir por fin toda la pena contenida.

El río de lágrimas se secó dos horas después. Fui a refrescarme, y luego me puse a trabajar en su despacho. Encontré entre sus cosas mi último cuaderno de croquis, así como mis lápices. Hice muchos bosquejos. Les consagré buena parte de la jornada, sin comer. Había retomado mis costumbres, como si Marthe me susurrara cada uno de mis actos. Oía su voz pedirme que rectificara una arruga, un dobladillo, un pliegue, un escote. Su presencia me guio hacia el almacén. Elegimos la tela juntas. Estaba allí, observándome mientras la cortaba y trazaba el patrón. Cuando cayó la noche, decidí dejar allí su recuerdo hasta el día siguiente y volver a casa de Gabriel, con la esperanza de encontrarle allí.

Al final, llegó y se metió en la cama en plena noche. Me hizo el amor intensamente, sin decir palabra. Nos dormimos derrotados por el cansancio y por la intensidad de nuestros amores.

Al despertar, Gabriel ya se había ido, y desayuné sola. En el taller, el espíritu de Marthe me estaba esperando. Cosí todo el día. Mis lágrimas salpicaban el crepé de seda, ese tejido que ella tanto apreciaba. Había elegido uno negro, no a causa del duelo, sino porque ese color representaba para mí toda la elegancia, todo el misterio, toda la parte oscura de Marthe. El tac-tac de la máquina era el único ruido de la habitación, y quizás de todo el edificio. Ningún sonido salía de los primeros pisos. En cuanto a los últimos, reinaba la muerte. Cuando su último vestido estuvo terminado, planchado y en su percha, fui al probador y lo colgué en la cabina, como cuando todavía vivía. Me imaginé a Marthe saliendo vestida con mi diseño, colocándose recta, orgullosa, estirada, ante el espejo. ¿Me diría: «Querida, perfecto, como siempre»? Sin moverme, envié un mensaje a Gabriel: «El pedido está listo». Me respondió simplemente: «Gracias». «¿Dónde estás?», pregunté. «En el despacho, ahora subo.»

En efecto, la puerta del taller se abrió cinco minutos después. Levanté la cabeza al oír sus pasos sobre el parqué. Gabriel avanzó por el probador hacia el vestido de Marthe. Su mano se alzó, dispuesta a tocar la tela, después se contuvo. Se inclinó y se frotó los ojos antes de mirarme.

—Gracias. Estaría orgullosa de ti.

—¿Eso crees? ¿Piensas que le habría gustado? —pregunté con voz temblorosa.

—Estoy seguro.

Por vez primera, mis lágrimas brotaron ante él. Las sequé rápidamente.

Avanzó hacia mí y me cogió las manos.

—Perdona —balbuceé—. Hace dos días que estoy aquí y parece que sigue a mi lado.

—Tienes derecho a llorar... Estás agotada, salta a la vista.

Me atrajo hacia él. Con una mano en mi cintura, me obligó a salir del probador. Una vez en el gran salón del taller, Gabriel suspiró.

—¿Qué será de todo esto?

—¿No tienes ninguna idea?

—Ninguna... Estaba al corriente de todo, salvo de sus disposiciones tras su muerte. De todas formas, después del entierro nos vamos, es lo mejor que podemos hacer, ¿no?

—Si eso es lo que quieres, te seguiré, ya te lo he dicho.

—No quiero que nos quedemos aquí, nos contaminará, nos atormentará. Tenemos que seguir adelante. Estoy preparando mi marcha en el despacho, como habíamos previsto. Lo único que me queda por hacer es organizarle un entierro a su medida. Eso no arreglará nada, pero se marchará suntuosa, como siempre lo fue.

—Te ayudaré.

Apoyó la cabeza sobre mi hombro, y me besó el pelo.

—¿Nos vamos?

La mañana en que Gabriel publicó la esquela de Marthe, cuando llegué al taller, me encontré asediada a pedidos desde primera hora. Todo el París que había revoloteado a su alrededor tenía la intención de estar presente en su funeral. Acepté el desafío para rendirle homenaje, y quizás también para atenuar el sentimiento de culpa que me despertaba en plena noche, me quitaba el apetito y me impedía mirar a Gabriel a los ojos. Parecía cada vez más abatido y echaba de menos a Marthe, roído por los remordimientos de sus últimas palabras. Me dolía verle sufrir.

Estaba determinada a no dejarme hundir por la amplitud de la tarea y a hacer todo cuanto estuviera en mi mano para conseguirlo. Empecé la jornada convocando a mis antiguas compañeras de curso para esa misma tarde. Philippe declinó la invitación, devastado por la pena y convencido de que ya no le necesitaba. Preparé el trabajo, repasé las medidas de mis clientas, elegí las telas mejor adaptadas a las circunstancias y personalidad de cada una de ellas, tracé los patrones. Me maté a trabajar. Gabriel me envió a Jacques para recordarme que debía comer. Cuando llegaron las chicas, por fin estaba lista. Les di unas consignas sobre lo que esperaba de ellas y les presenté los modelos a confeccionar con urgencia. Su remuneración estaría asegurada por el pago de los clientes. A cambio, exigía que no contasen las horas y que hiciesen un trabajo de la mayor calidad. Aceptaron el desafío. Las devolví a sus casas para que disfrutaran de una última noche completa de sueño mientras les decía: «Os espero mañana en el *atelier*». Viéndolas salir, descubrí a Gabriel apoyado en el marco de la puerta. Saludó a las chicas sin dejar de mirarme. Cuando estuvimos solos, cruzó la habitación, me agarró por el cuello y me atrajo hacia él. Su beso fue brutal; me hacía daño, pero me daba igual, estaba vivo, reaccionaba. Después, sin aliento, apoyó su frente contra la mía.

—Gracias. Gracias por ella —murmuró—. Das vida a este *atelier*.

Dejé derramar algunas lágrimas antes de responder.

—También lo hago por mí.

—¿Te ayuda trabajar?

—Sí.

—Entonces ya somos dos... Todo irá mejor cuando esto haya terminado.

Hacía tres días que el taller parecía un hormiguero. El trabajo avanzaba. El *atelier* bullía de actividad, cortando, cosiendo, probando. Tenía la sensación de ser un director de orquesta dirigiendo la más hermosa de sus partituras, quizás la última.

Ese mediodía, Gabriel se presentó sin avisar. Debíamos reunirnos por la noche. No le había visto esa mañana, se había ido muy temprano. Su rostro presentaba los estigmas de la pena y el cansancio: rasgos marcados, ojeras, palidez y barba incipiente que me inquietaban cada vez más. Me acerqué a él y le acaricié la mejilla. Cerró los ojos.

—Hola —dijo por fin con una sonrisa que no alcanzaba a su mirada.

—¿No quieres ir a dormir un poco?

—Imposible. Vengo a buscarte, te necesito.

—¿Por qué?

—Me ha llamado el notario. Quiere proceder a la lectura del testamento de Marthe, debo estar presente. He pedido a Jacques que nos acompañe. No me gusta esto.

—Concédeme dos minutos.

Di unas pautas a las chicas sobre las tareas que debían realizar durante mi ausencia y me fui con él. En la calle nos esperaba un taxi. Gabriel no dejaba de mover las piernas. Apoyé una mano sobre su rodilla para intentar calmarle, la tomó en la suya y la estrechó con fuerza. Me contagió su angustia. ¿Marthe nos reservaba nuevas sorpresas? ¿Qué papel ocuparía Gabriel en su herencia? No me imaginaba que no tuviese ninguno, me parecía lógico que apareciese su nombre. Lo que temía era su reacción. ¿Estaba listo para escuchar la última voluntad de Marthe? Lo dudaba, a juzgar por su nerviosismo.

Jacques nos esperaba delante del despacho notarial. Abrazó a Gabriel y me dio un beso. Sin soltar mi mano, Gabriel anunció nuestra presencia. La secretaria nos invitó a esperar en un salón. Gabriel fue el único que se quedó de pie, dando vueltas. Cuando llegó el notario, pareció sorprendido por la escolta que llevaba Gabriel. Este no nos dejó elección, debíamos acompañarle hasta el final. El notario asintió a regañadientes. Entramos en un gran despacho, la atmósfera era solemne, pesada. Sin más preámbulos, el notario nos anunció que sería rápido. Él mismo había procedido a la redacción del testamento de Marthe dos meses antes y nos aseguró que estaba en plena posesión de sus facultades. Yo sabía en qué estaban pensando Gabriel y Jacques, y yo pensaba lo mismo. Después, el hombre se dirigió a Gabriel.

—Señor, es usted el heredero universal. Le corresponden la totalidad de sus bienes, cuentas bancarias, acciones, inmuebles...

Dejé de escuchar y observé a Gabriel; palidecía a ojos vista. Percibía su malestar creciendo en su interior. De pronto, se levantó y abandonó el despacho corriendo. Le seguí. Se dirigía al aseo... No vomitaba solo su última comida. Vomitaba su pena, su culpabilidad, su amor por Marthe. Cuando salió, tenía una expresión despavorida, se roció la cara con agua y se apoyó en el lavabo. Le dejé acercarse, abrirse a mí. Sobre todo no debía ser brusca con él.

—No podía haber sido peor —me dijo después de varios minutos, la voz más ronca que de costumbre.

—¿Habrías preferido que te desheredase, que te olvidara?

—Sí...

—Te mereces una parte de eso, tu trabajo durante todos estos años...

—No significa nada comparado con lo que le he hecho...

—Lo que le hemos hecho. Además, déjalo ya... Sacudió la cabeza.

—Si hubiese esperado unos días antes de acabar con todo, habría cambiado el puto testamento.

Me acerqué a él y le acaricié la cara.

—No tienes ni idea —le dije—. Te quería, estoy segura de ello.

—No quiero nada de nada. Es como si me pidieras que bailara sobre su tumba.

—Necesitas un poco de perspectiva. Mientras tanto, debemos volver.

Le agarré de la mano y volvimos al despacho del notario. Gabriel se disculpó entre dientes. Me crucé con la mirada inquieta de Jacques, que se quedó atónito al escuchar a Gabriel pedir explicaciones sobre el procedimiento legal para renunciar a una herencia. El notario marcó también una pausa antes de retomar su postura de estricto hombre de leyes. Le incitó a reflexionar sobre las consecuencias irremediables de un acto como ese, le explicó que tenía tiempo antes de rechazar o aceptar. Jacques puso su mano sobre el hombro de Gabriel y lo estrechó. Gabriel lanzó un profundo suspiro y, de mala gana, prometió tomarse ese tiempo para pensarlo.

Cuando salimos del despacho, Jacques le exhortó a no tomar decisiones precipitadas.

—Gabriel, hijo, no rechace de plano toda su vida.

—¡Ahora mi vida es Iris! Y sabe muy bien que no me merezco todo eso. Sin contar con que Marthe estaba loca y que además, si hubiese tenido tiempo para pensarlo, me habría borrado de su testamento.

—No, creo más bien lo contrario, le quería como a un hijo.

—Jacques, no haga como si no supiese nada, cuando precisamente usted lo sabe todo. Es leal a su recuerdo, lo respeto, de hecho siento que no reciba nada... Pero yo, si me quedo y acepto todo, nunca me libraré de sus cadenas, y ya no puedo más, me están matando... No quiero discutir más, volvamos, tenemos cosas que hacer.

Me tomó del brazo y llamó a un taxi.

Los últimos días antes de las exequias de Marthe los pasé terminando los pedidos. Todos quedaron listos. Gabriel, por su parte, se mataba a trabajar. Su ética profesional parecía multiplicada. Me inquietaba. ¿Qué iba a ser de él si se empeñaba en deshacerse de todo? No era consciente de quién era.

Esa noche, la víspera del entierro, estaba sola, seguramente por última vez, en el taller. Me había despedido de las chicas y les había agradecido el trabajo realizado. Cuando la puerta de entrada se abrió, esperaba ver a Gabriel. Y fue Jacques el que apareció y avanzó por la gran sala del taller.

—¡Qué sorpresa! —le dije.

—Iris, ¿cómo se encuentra?

—Estoy deseando que todo termine, sobre todo por Gabriel.

—Acabo de dejarle, está arriba, yo tenía algo que entregarle. Venga a sentarse...

Me guio hasta una silla y se sentó frente a mí. Me explicó que dos días antes había descubierto entre su correo una carta que Marthe le había enviado el día de su muerte. Había tenido la maravillosa sorpresa de encontrarse en ella el título de propiedad del piso en que se alojaba, a su nombre. Pero el pobre Jacques se hallaba también ante el hecho consumado de ser su mensajero de entre los muertos y servir de cartero si Gabriel rechazaba la herencia. La necesidad de control y la inteligencia de Marthe continuaban intactos. Empecé a pensar que efectivamente había tomado todas las decisiones en plena posesión de sus facultades, a pesar de la locura. Había anticipado las reacciones de Gabriel basándose en su última conversación, y también porque le conocía mejor que nadie.

—Debería subir a verlo inmediatamente —me dijo Jacques.

—Voy enseguida.

Di una vuelta al taller, apagué todas las luces y me reuní con Jacques en el descansillo.

—¿Nos vemos mañana? —dije.

—Por supuesto, quiero darle mi último adiós.

—Gracias por todo, gracias por ocuparse de él.

—No es nada.

Barrió una mota de polvo invisible ante sus ojos y se marchó. Yo subí al quinto piso.

Entraba en casa de Marthe por primera vez desde su muerte. Sentía su presencia, como si todavía ocupara el lugar. Seguía siendo la señora de la casa. Gabriel supo que llegaba: mis tacones sobre el parqué. Una vez más. Me apoyé en el marco de la doble puerta del gran salón y le observé. Estaba sentado en el último asiento de Marthe. La cabeza hacia atrás sobre el respaldo del sofá, mirando el vaso y la boquilla que no se habían movido de su sitio. Sostenía otro vaso que adiviné lleno de ron con un toque de zumo de naranja. El nudo de su corbata estaba deshecho, los primeros botones de su camisa abiertos. En su otra mano, había una carta: la carta de Marthe. Tras varios minutos, volvió su rostro hacia mí y esbozó una sonrisa.

—¿Super-Jacques al rescate?

—Sí.

—Empiezo a comprender por qué Marthe no podía vivir sin él.

Avancé, me senté a su lado en el sofá y le acaricié la cara.

—Nunca me dejará en paz, y a ti tampoco —me dijo—. Ten, lee.

—¿Estás seguro?

—No tenemos secretos.

Cogí la carta que me ofrecía. Mis manos temblaron, inspiré profundamente antes de comenzar esa lectura que, estaba segura, sería determinante para nuestro futuro. Reconocí su elegante letra.

Querido Gabriel:
He tenido tres amores en mi vida: Jules, tú e Iris.
Jules me pertenecía, tú me perteneciste y una parte
de ti me pertenecerá siempre, pero Iris solo ha sido

tuya. No he sido más que una madre sustituta para ella. Es doloroso, pero tengo la satisfacción de haberla moldeado a mi imagen y haberla amado. Se abandona a ti. Te felicito por tu victoria, querido. Ámala por mí.

Sin embargo, si lees esta carta significa que me desobedeces, y no lo tolero. No me mates por segunda vez, no me rompas en la muerte. Toma lo que te pertenece, prosigue mi sueño, acepta el desafío, asume el imperio que Jules creó y que te legó desde el día en que te vio por primera vez. Asume tus responsabilidades. No huyas. No podría soñar una muerte más dulce. No lo estropees todo, te arrepentirás amargamente, perderás a Iris, la destruirás y te destruirás a ti también. Sois y seguiréis siendo obras mías. He hecho de vosotros lo que he querido. Estáis listos. Aplasta a todo el que ose interponerse en vuestro camino. Pon a Iris a la cabeza del atelier, *regálaselo como Jules me lo regaló a mí.*

Portaos con orgullo durante mi entierro. A imagen de nuestro amor, de nuestra historia. Desafiad a todos con la mirada. Mostradles lo poderosos que sois, que nada ha cambiado.

Me obedecerás, querido, como siempre lo has hecho. Me amas como yo te amo.

Marthe

Marthe al completo estaba en aquella carta de adiós borrosa por mis lágrimas y llena de verdad. Ella conservaba el control, sabía o creía saber qué era lo mejor para nosotros. Pero ¿acaso Marthe no había tenido siempre razón? No necesitaba mirar a Gabriel para palpar su estado febril, su inquietud frente a mi reacción, frente a nuestro proyecto de volver a empezar en otra parte. Cerré los ojos durante unos segundos. Dentro de mí brotó un torrente de recuerdos. Estaríamos bajo su influencia para siempre. No servía de nada luchar contra ello. Me invadió una sensación de paz. Sonreí ligeramente, y le miré.

—Nos quedamos.

—No quiero obligarte.

—Vámonos a dormir. Tenemos un papel que cumplir mañana.

Me levanté y le tendí la mano. Me dio la suya y se puso también de pie. Apagó la lámpara sobre la mesa de Marthe y dejó el apartamento en la oscuridad. Salimos del edificio abrazados.

A la mañana siguiente, busqué en el vestidor la prenda con la que todo había comenzado. Me puse el pantalón, seguía siendo de mi talla. Sin embargo, no tuve que luchar para cerrarme el chaleco. Gabriel apareció detrás de mí, en pantalón y con la camisa abierta.

—Recuerdos, recuerdos —me dijo hundiendo su mirada en la mía a través del reflejo del espejo.

—Es perfecto para las circunstancias, ¿no te parece?

—Es perfecto.

Le miré cerrar el corchete y abotonar las presillas en la parte baja de la espalda. Cinco minutos más tarde, cuando entré en el dormitorio, luchaba con su corbata. Supuse que era la primera vez que le ocurría.

—Déjame ayudarte.

Hice el nudo, completamente segura de mí misma. Después coloqué el cuello de su camisa. Alisé una arruga imaginaria. Me envolvía la emoción. Mis sentimientos hacia él. Mi éxito profesional. La pérdida de Marthe. La oficialización de nuestra relación, Gabriel y yo, en su entierro, como unas bodas fúnebres.

—Lo conseguiremos —me dijo Gabriel al oído.

—No lo dudo.

Una hora más tarde, un taxi nos dejaba delante del crematorio de Père-Lachaise. No nos habíamos soltado de la mano durante todo el trayecto. Lanzamos un profundo suspiro en perfecta armonía, para después ahogar una risa nerviosa.

—¿Lista?

—Sí.

Salí del vehículo, Gabriel se puso a mi lado, apoyó su mano en mi cintura y me guio. Fuimos acogidos por el maestro de ceremonias. Solo faltábamos nosotros. Gabriel dibujó un rictus en los labios. Había querido llegar el último, Marthe habría apreciado el detalle. Empezamos a caminar por un largo pasillo y oí la trompeta de Miles Davis en *Ascensor para el cadalso*. Sentí un nudo en la garganta y mis manos se cubrieron de sudor. El hombre nos dejó en el umbral de la sala donde reposaba Marthe. Estaba abarrotada. El féretro de madera oscura estaba colocado al final del pasillo central, con una rosa roja encima. En un lateral, una ampliación de su última foto como modelo. Fulminándonos a todos con su mirada altiva y su belleza escultural. Interrumpí mi observación al oír el murmullo que se levantaba entre la asistencia. Todas las miradas estaban puestas en nosotros. La respiración de Gabriel se aceleró imperceptiblemente. Distinguí a las chicas del taller, a Philippe. Y vi a Jacques, que nos dedicó una gran sonrisa. Se había situado al fondo del todo, cuando en realidad merecía estar en primera fila. Jacques, el hombre que había velado por ella, su mayordomo, discreto hasta el final. Durante unos instantes, todos los allí reunidos parecieron olvidarse de Marthe. Reconocí a los que solían revolotear a su alrededor. Su expresión lo dejaba muy claro: se preguntaban si estábamos tomando el relevo. Me estiré y adopté una actitud defensiva al ver a algunas antiguas amantes de Gabriel. Debía hacerles comprender de alguna forma que él ya no las necesitaba. Allí estaba yo. Gabriel me estrechó con fuerza y me besó el pelo. Levanté los ojos hacia él, se había vuelto a colocar su máscara de control, y yo hice lo mismo. Éramos los herederos de Marthe.

—Que empiece el espectáculo —susurró.

Agradecimientos

A la editorial Michel Lafon..., por su confianza y el respeto a la escritura. ¡Qué hermosa y extraordinaria aventura compartimos! La disponibilidad y la escucha de unos y otros son más que apreciadas por mí.

A todos los lectores de *La gente feliz...*, su apoyo, sus ánimos, sus mensajes me sorprenden y me llenan de alegría.

A Anita Halary: nuestra conversación sobre su profesión enriqueció la pasión de Iris.

A todas las mujeres de mi familia que han estado detrás de una máquina de coser... El tac-tac de una Singer es uno de los sonidos de mi infancia...

Sobre la autora

Agnès Martin-Lugand es psicóloga clínica y durante más de seis años trabajó en el campo de la protección a la infancia en Ruan (Francia). Después de enfrentarse a numerosas negativas por parte de las editoriales decidió autoeditar en Amazon *La gente feliz lee y toma café* (Alfaguara, 2014). Rápidamente su novela alcanzó los primeros puestos de más vendidos y fue la primera escritora francesa autoeditada en ser contratada por una editorial tradicional, la prestigiosa Michel Lafon. Los derechos de traducción han sido vendidos a más de veinte países y será adaptada próximamente al cine. *El atelier de los deseos* es su segunda novela.

El atelier de los deseos, de Agnès Martin-Lugand
se terminó de imprimir en abril de 2015
en los talleres de Litográfica Ingramex, S.A. de C.V.
Centeno 162-1, Col. Granjas Esmeralda,
C.P. 09810, México, D.F.